LE VILLAGE AUX FLEURS

Gwénaëlle Fradet

LE VILLAGE AUX FLEURS

Roman

En application de l'art. L.137-2.-I. du code de la propriété intellectuelle, toute reproduction et/ou divulgation de parties de l'oeuvre dépassant le volume prévu par la loi est expressément interdite.

© Gwénaëlle Fradet, 2025

Publication : Votre Histoire et Ma Plume
Édition : BoD · Books on Demand, 31 avenue Saint-Rémy, 57600 Forbach, bod@bod.fr
Impression : Libri Plureos GmbH, Friedensallee 273, 22763 Hamburg (Allemagne)

ISBN : 978-2-3225-7248-9
Dépôt légal : Avril 2025

Je suis enfin arrivé.

Elle m'a guidé, m'a accompagné. Puis elle m'a mené jusqu'à cette plage sortie de nulle part. Une plage que j'aurais dû voir du rivage. Mais depuis la baie que j'avais si souvent longée, dans un sens, puis dans l'autre, en regardant dans le lointain, je ne voyais à l'horizon qu'une infinie étendue d'eau rejoignant le ciel, s'y confondant. Ce bout de terre que je n'ai jamais aperçu, entouré par l'océan, n'est pourtant pas si loin. Car le trajet a été court. Il ne nous a fallu que quelques coups de rames pour l'atteindre. Le soleil n'a même pas eu l'occasion de changer de position. Nous avons à peine eu le temps d'échanger quelques mots. Nos derniers mots. J'aurais souhaité que cette traversée dure plus longtemps. Rester encore avec elle. Qu'elle m'accompagne jusqu'au bout. Qu'elle ne fasse pas demi-tour une fois mes pieds sur la terre ferme.

Le sable est tellement lumineux que j'ai dû plisser les yeux pour ne pas être ébloui. Et lorsque je la regarde pour la dernière fois, son image est floue, presque spectrale. Elle prend mes mains dans les siennes, me dépose un tendre baiser sur la joue, m'offre un sourire tranquille, paisible. Un sourire que j'ai tant aimé autrefois, que j'ai tellement aimé retrouver pour vivre mes derniers mois. Mais son embarcation s'éloigne et je ne vois plus que son dos qui s'éloigne alors que je reste immobile sur la plage. Elle ne sera désormais qu'un souvenir. Un souvenir qui finira par s'effacer. Et avant de m'abandonner, je l'entends me dire des mots qui sont comme un léger souffle dans mon oreille :

— Un jour ! Pas encore !

Puis elle rajoute :

— Nous allons nous revoir. Nous nous retrouverons autrement. Nous serons enfin réunis un jour. Et pour toujours.

Et quand elle n'est plus qu'un point perdu à l'horizon, je lui réponds :

— Au revoir ! À bientôt oui !

C'est une plage où j'attends sans me rendre compte du temps qui s'écoule. Une heure. Plusieurs heures. Un jour. Peut-être plus. Ou quelques secondes seulement. Je n'en sais rien. Et cela m'est égal. Je me sens si bien. J'oublie même qu'elle me manque. Car ce qu'elle m'a offert avant de repartir vers le rivage emplit mon cœur de bonheur. Ce qu'elle m'a dit sur le bateau avant de nous quitter m'a caressé, m'a pénétré.

Je suis seul maintenant. Cependant, je ne le suis pas vraiment. Il y a beaucoup de monde avec moi. Mais nous ne nous parlons pas. Nous ne faisons que sourire. Nous attendons ainsi, une certaine tranquillité dessinée sur nos lèvres, que ce soit notre tour. À chacun son tour. Et lorsqu'il arrive enfin, nous commençons notre ascension en direction du village.

C'est un village caché derrière de hauts murs, des enceintes bâties avec de vieilles pierres irrégulières, cabossées par leur longue existence, portant l'expérience de temps reculés et de temps plus récents. Pour ressentir le poids de ce passé, tous les tourments que ces pierres ont dû vivre, je les effleure de mes doigts en passant, je les cajole. Grâce au soleil qui brille généreusement, elles dégagent une chaleur réconfortante qui aiguise ma ferveur. Je ne peux que leur offrir mes paumes afin qu'elles me fassent cadeau de leur agréable ardeur. Je sais déjà que je vais me sentir bien dans ce village.

Je marche sur les pavés de ses chemins de ronde, à l'ombre de ses remparts. Ce sont des pavés usés par les pieds de ceux qui les ont foulés au fil des années, durant plusieurs siècles. Des pavés qui ont la noblesse de laisser s'échapper des fleurs sauvages aux chatoyantes couleurs. Des fleurs qui, au premier abord, nous donnent l'envie de les cueillir. Mais je sais qu'il ne faut pas s'adonner au plaisir de créer de jolis bouquets. Ce serait un crime de les arracher, de leur ôter la vie. Elles en souffriraient tant. Ce serait un second anéantissement, un sommeil définitif, un repos devenu éternel. Car ces fleurs représentent un second souffle, une seconde existence, une ultime chance de vivre autrement. Je me contente alors d'admirer leurs belles teintes, leur délicate cambrure lorsque je les dépasse. Elles semblent me saluer, me souhaiter la bienvenue. Je leur fais donc une révérence, juste un mouvement de tête, car mon corps est déjà bien courbé. Puis je continue mon chemin, mon pèlerinage au cœur de ce village que je ne vais plus quitter. Il me paraît agréable d'y séjourner, d'y rester, d'y demeurer pour l'éternité.

Après avoir flâné derrière les murailles, mon errance me mène au cœur du village, dans des ruelles aussi vieilles et aussi meurtries que les chemins que je viens de traverser. Je longe quelques maisons qui n'exhalent plus la vie. Des maisons issues d'un autre temps, ayant renfermé autrefois des vies. Des maisons en ruine, aux parois effondrées par endroits, aux toits souvent inexistants. Des maisons aux ouvertures absentes, offrant à mon regard d'énormes brèches, comme de grandes bouches béantes, comme des trous noirs derrière lesquels une imagination fertile pourrait extrapoler mille choses, créer des histoires, ébaucher quelques frayeurs. Les portes et les fenêtres appartiennent au passé. Elles ont disparu et seuls quelques volets de bois, aux vernis ou aux peintures depuis longtemps écaillés ou volatilisés, pendent lamentablement, souvent sur un seul gond.

Malgré son état de désolation, ce village me semble pourtant lumineux. Les milliers de fleurs, qui y poussent partout le long de ces foyers abandonnés, le font rayonner, écartent une vision qui pourrait, sans ces corolles multicolores, avoir des airs cataclysmiques.

En m'éloignant des maisons en ruine, je dépasse une toute petite église qui se trouve dans le même état de délabrement. Et derrière ce lieu saint, entouré d'un muret tapissé de chèvrefeuilles et autres plantes fleuries aux senteurs enivrantes, j'aperçois le cimetière du village. Je le sais, car un panneau, ne tenant que par un vieux clou rouillé, l'annonce.

Il n'y a ni sépultures, ni pierres tombales, ni croix, ni plaques commémoratives. Il n'y a pas non plus de cercueils déposés en surface, recouverts de roche ou de ciment.

Ce champ de repos est vide de tout cela. À la place d'un pré funéraire, c'est un champ de fleurs qui s'offre à mon regard. Je vois cependant, tout au fond, une pierre s'élever. Elle est seule, isolée, au plus proche de la mer.

Mon cheminement dans les venelles de ce hameau fortifié si fleuri se fait de manière biscornue. Je zigzague afin de ne pas abîmer toutes ces fleurs qui y poussent. Ces fleurs qui, lorsque je les frôle sans les toucher, me content fleurette. Elles me racontent et je les écoute. Elles me disent ce qu'elles ont été et ce qu'elles sont aujourd'hui. Je les crois. C'est la raison de ma présence ici. C'est étonnant de les entendre. C'est surnaturel et, en même temps, si naturel.

Les fleurs sont partout. Elles poussent, mais ne trépassent pas, ne fanent pas. Elles deviennent perpétuelles. Elles font don de leur beauté à ce vieux village où elles mènent une existence tellement tranquille. Elles ornent les vieilles pierres de leurs coloris si vifs, si joyeux. Le village a ainsi des allures de printemps qui dure toute l'année. Et j'imagine pour l'éternité. Il a comme un air de fête, une allure qui s'y est installée un jour et ne l'a plus jamais quitté.

Je continue ma promenade lentement, dans un environnement qui n'est pas vraiment muet. Car je peux entendre le bruit des vagues au loin, le cri des mouettes réclamant leur repas à la mer, le sifflement de la brise qui agite les feuilles des arbres habillant la falaise escarpée qui mène à la plage. Je perçois tout cela et je ferme les yeux un instant afin que chaque son, chaque vibration soient plus intenses. C'est un déferlement de sensations qui m'atteignent et me donnent l'impression de m'échapper de mon corps, de rejoindre la compagnie de cette gent ailée, de me confondre avec la nature. J'aime ces bruits qui résonnent comme des silences que l'on saisit et qui font du bien.

Les silences que l'on ne perçoit pas sont ailleurs. Ils sont dans l'absence des voix. Ils sont dans l'inexistence du bruit de pas. Des pas, autres que les miens. Ils sont dans l'invisibilité de toute autre personne que moi. Car je suis seul. Il n'y a personne. Aucun être ne hante ce lieu. Il n'y a que de douces âmes ancrées dans le cœur des fleurs, que des esprits en paix. C'est si doux.

La quiétude est palpable, tellement présente. Je la respire, je m'en imprègne. Je me suis retiré ici pour la sentir, pour me rendre compte de sa pleine existence. Je la bois pour me saouler. C'est une ivresse dont je suis loin de me lasser, que je ne souhaite pas quitter.

J'ai prié pour que ce hameau existe lorsqu'elle m'en a parlé, lorsqu'elle m'a fait rêver. Et aujourd'hui, je suis là. J'ai voulu ce silence qui me grise, cette ivresse qui m'envahit et qui dure. J'appelle de tous mes vœux afin que ma vie prenne fin en cet endroit. Je souhaite reposer dans ce vieux village. Je ne veux pas que mon corps finisse dans un cimetière pour croupir six pieds sous terre, qu'il se décompose, qu'il serve de déjeuner aux vers. J'ai fait tout ce chemin pour autre chose. Une chose incroyable.

Je m'appelle Philibert et je suis venu ici pour mourir.

Puis, je me souviens.
Je me rappelle ce passé.
Mon passé avant d'arriver là.
Mon passé avant les fleurs.

ROSE

1

Ma vie change aujourd'hui.

C'est ma première pensée lorsque je me réveille à la lueur des traits de lumière que diffuse le soleil matinal à travers quelques interstices dans les volets. Une pensée que j'exprime à voix haute, car je veux la partager avec Rose. Rose, ma femme depuis tant d'années. Rose que je n'ai jamais cessé d'aimer. Rose qui est mon pilier, de la même façon que je suis le sien. Rose avec qui je désire passer le reste de ma vie.

Mais, quand je me tourne vers l'autre côté du lit où elle devrait dormir, je m'aperçois qu'elle est déjà debout, que sa place est vide, qu'elle a déserté notre chambre. Le drap, du côté où elle dort, est redevenu lisse, remonté jusqu'à son oreiller. Son oreiller où a disparu le creux laissé par sa tête qui a reposé là plusieurs heures durant. Comme d'habitude, sa place abandonnée est parfaitement réajustée pour la nuit suivante. Il faut toujours qu'elle fasse le lit même lorsque j'y suis encore.

Je ne l'ai pas entendu se lever. Et je suis seul avec les premières minutes de ma nouvelle existence. Quelques minutes où je pense à ma Rose, à nous, où je me souviens de nos premiers instants.

Des instants à nous tenir la main lorsque nous prenions le temps de nous promener sans regarder l'heure, quelle que soit l'heure. Des soirées où les chandelles se consumaient sur la table de dîners que nous avions partagés et de verres de vin que nous faisions carillonner les yeux dans les yeux. Des nuits où nous n'étions pas assez épuisés pour chercher le repos. Je ne voulais pas m'endormir pour continuer à sentir son corps contre le mien, l'odeur de sa peau, ma main posée amoureusement sur une hanche en appréciant sa courbe. Des matins à rester prisonniers des draps dégageant encore les effluves de nos heures blanches. C'était notre jeunesse, notre insouciance. Une légèreté que je rêve de retrouver avec Rose. Nous avons tout notre temps maintenant.

Et pendant ces quelques minutes, je rêve en direction du futur.

Ce sera comme nos premiers jours passés ensemble. Nous pourrons de nouveau parler pendant des heures sans voir le temps passer. Je lui demanderai de m'accompagner à nouveau pour aller errer sans but, en voyant bien où nos pas nous mèneront. Je pourrais lui dire mon désir de lui prendre la main, de mêler mes doigts aux siens, de lui tenir tendrement le bras. Je n'aurai qu'une envie. Entendre le bruit de ses pas, l'air qu'elle chantonnera sans cesse comme dans ses jeunes années, le son de sa voix lorsqu'elle soufflera quelques mots ici et là. Je me ferais discret, presque sans me faire remarquer. Je pourrai ainsi m'abreuver jusqu'à plus soif de la femme que j'aime.

Je rêve d'un déjeuner sur l'herbe. Nous serons assis sur une belle nappe à carreaux rouge et blanc, un panier en osier posé entre nous. Il sera plein de victuailles que nous aimons l'un et l'autre. Nous remplirons deux verres à vin d'un liquide couleur jaune ambre. Nous trinquerons à nos années de mariage, à nos moments passés ensemble.

Je rêve d'un après-midi au musée. Nous errerions dans l'ambiance feutrée en regardant les murs couverts de tableaux, d'œuvres qui régaleront nos yeux. Nous serons en accord sur la beauté de certaines d'entre elles. Mais nos avis divergeront sur d'autres. Nous passerons ensuite notre soirée à en parler, à en débattre.

Je rêve de nouveaux dîners aux chandelles, dans l'intimité d'un petit restaurant peu fréquenté. D'un violon qui jouera agréablement de ses cordes, rien que pour nous. Rose me fera apprécier son plat en glissant délicatement sa fourchette entre mes lèvres, puis elle goûtera au mien en picorant dans mon assiette. Nos regards se croiseront, se souriront. La soirée sera belle et notre envie de la voir s'éterniser sera réciproque.

Je rêve de lectures partagées. D'un livre qu'elle aura aimé et dont elle me parlera avec passion. D'un livre que je serai en train de lire et des passages que je lui citerai à voix haute. Nous serons confortablement installés sur notre grand canapé, presque allongés. Nos pieds nus se toucheront, se caresseront. Et de temps en temps, elle me jettera un regard, un sourire, une pensée. Un regard, un sourire, une pensée que je lui rendrai.

Je rêve d'une journée à la plage. La température sera fraîche, mais le soleil brillera. Nous serons assis à même le sable. Un sable doux et blanc. La mer nous fera face. Une mer calme et d'un bleu si beau qu'elle comblera nos yeux. Nous ne parlerons pas. Ce sera inutile, car nos mots seront couverts par le bruit des vagues, par le cri lointain des mouettes, par la profondeur de ce beau moment.

Je rêve et ce sont des rêves que j'aime. Des rêves que je laisse volontiers planer là, quelque part dans la chambre que je n'ai pas encore quittée. Je pense un instant qu'ils font peut-être un peu clichés, comme sortis tout droit d'un roman à l'eau de rose. Mais je me sens ainsi ce matin.

Et ce sont ces rêves-là qui illuminent mon esprit, gonflent mon cœur, mon envie pressante d'aller retrouver Rose quelque part dans la maison.

Je commence cette première journée de totale liberté à rêver de tout cela, car hier soir, j'ai dit adieu à ma vie de labeur, à mes collègues, à l'usine dans laquelle je me suis rendu chaque jour de chaque semaine, pendant près de quarante ans. L'heure de ma retraite a sonné. Mes collègues m'ont serré dans leurs bras, m'ont souhaité de longues années à profiter de mon temps libre. C'est beaucoup quarante ans. Et pourtant, je n'ai pas vu ces années passer. J'étais dans la routine d'un quotidien que je subissais machinalement, sans y réfléchir. Un quotidien qui ne me semblait pas lourd, que j'appréciais quasiment à chaque instant. J'évoluais dans une ambiance qui ne me déplaisait pas. Quarante ans que je partage également ma vie avec Rose. Rose que j'ai connue jeune et pleine de vitalité. Si joyeuse. Tellement pétillante. Rose, avec qui j'ai partagé la passion des débuts, le confort rassurant d'une vie à deux, la tendresse une fois l'ardeur des premières années envolée. Et l'amour que nous nous portons est toujours présent, toujours aussi fort. Je me dis que mes rêveries peuvent se concrétiser. Je ne m'imagine pas sans elle. Et je suppose que Rose ne se voit pas vivre sans moi. Nous allons pouvoir enfin profiter l'un de l'autre sans contrainte d'horaires, en oubliant toutes ces heures sans nous voir à cause de mon travail.

J'abandonne mon vagabondage onirique et je regarde son absence près de moi tout en tendant l'oreille pour tenter de percevoir sa présence au-delà de la porte de notre chambre. Mais je n'entends rien, rien qui pourrait me rassurer. Le bruit de ses pas. La vaisselle qui tinte dans l'évier. Le café s'écoule doucement. Le poste de radio allumé diffusant les chansons qu'elle aime écouter seule dans la cuisine. Sa voix feutrée lorsqu'elle se parle à elle-même. L'eau de la douche qui coule. Mais aucun signe ne me prouve qu'elle est dans la maison à s'occuper en attendant que je quitte les draps.

Je reste encore quelques minutes allongé avant de poser un pied sur le plancher, avant d'extraire mon corps de la chaleur des draps, avant de quitter la pièce pour me mettre à la recherche de Rose.

Le couloir est silencieux et mon regard erre dans cet espace exigu, sans fenêtre, à la moquette usée par des années de traversées. J'écoute au-delà tout en regardant la porte de la salle de bain légèrement entrouverte et celle du fond qui est toujours fermée et le restera certainement pour l'éternité. C'est une pièce dans laquelle nous n'allons plus depuis longtemps. Mes yeux effleurent son extérieur et se détournent rapidement pour se poser ailleurs. Je fixe le palier et la première marche de l'escalier que je vais descendre afin de rejoindre Rose. Elle doit être en bas, certainement confortablement installée dans un coin de la maison à s'occuper silencieusement pour ne pas me réveiller.

Mais une fois arrivé au rez-de-chaussée, je ne trouve toujours pas Rose. Elle n'est pas dans le salon, comme je l'imaginais. La cuisine est également vide. Rose n'est pas assise à la table en train d'attendre que son thé cesse de fumer pour porter la tasse jusqu'à ses lèvres. En attendant, elle fait toujours les mots croisés dans le journal tout en mâchant son crayon de bois. Je tente une inspection de la buanderie au cas où elle serait en train de remplir la machine à laver de linge sale ou de plier celui qui se trouve dans le panier en osier. Le garage est également désert et seule notre voiture envahit l'espace. Je jette même un regard dans les toilettes sous l'escalier. Je regarde par la fenêtre en écartant le rideau afin d'observer le jardin. Un petit carré de verdure que Rose agrémente de parterres de fleurs. Les fleurs sont bien là, mais Rose est absente.

Jusqu'alors muet pendant mon inspection, je commence à l'appeler. Son prénom que je crie comme une alerte reste suspendu dans l'air et je n'entends pas le mien en retour. C'est ce qu'elle fait d'habitude. Je dis Rose et j'entends Philibert en retour. Elle me répond ainsi, faisant écho à son prénom par le mien.

Je retourne à l'étage en accélérant le pas, car je commence à m'inquiéter, à paniquer. Je retourne dans notre chambre même si je sais qu'elle n'y est pas. J'étais seul dans le lit à apprécier la première heure du jour, ce jour que je veux plus que tout partager avec ma femme. Je pense un instant à aller ouvrir la chambre du fond, mais je chasse vite cette idée. Car, tout comme moi, Rose ne peut pas franchir son seuil. Elle nous rappelle une tranche douloureuse de notre vie. Des images surgissent alors que je chasse immédiatement.

Je laisse ce cauchemar du passé et regarde de nouveau l'entrebâillement de la salle de bain qui est plongée dans l'obscurité et que je pense vide. C'est une petite pièce sans fenêtre, sans baignoire. L'espace entre le lavabo et la cabine de douche est étroit. C'est à ce moment-là que j'entends un gémissement. Une faible plainte qui me fait m'élancer vers ce que j'ai peur de découvrir. Et ce que je vois me précipite dans un abyme dont je ne connais pas encore le fond. Je ne sais pas que l'image de Rose effondrée sur le carrelage froid n'est que le début de sa fin.

Le regard de Rose me transperce, mais ce sont des yeux vides, sans aucune larme, privés de vie. Je prends son visage entre mes mains. Il est brûlant. Et malgré cela, je m'aperçois, lorsque j'allume le plafonnier, qu'il est pâle, que sa peau est blafarde. Elle est comme une poupée de chiffon abandonnée sur le sol. Son corps ne tremble pas, n'émet aucun mouvement. Seuls ses geignements défaillants me disent qu'elle est encore là.

Je saisis un gant de toilette que je mouille d'eau froide. Je prends Rose dans mes bras, doucement, sans la brusquer, et je pose l'éponge humide et fraîche sur son visage.

— Ça va aller, ma chérie ! Je suis là !

J'aimerais tellement faire plus, trouver les mots qu'il lui faut. Mais je ne dis rien d'autre, je reste coi d'inquiétude. Je ne me vois pas l'abandonner pour aller téléphoner. Je lis dans ses yeux le soulagement d'être dans mes bras. Son regard s'éclaire faiblement et m'aide à parer l'angoisse qui me tenaille de la voir ainsi.

— Je vais te porter jusqu'à la chambre. Tu seras bien mieux que sur ce carrelage dur et froid. Puis j'appellerai le docteur Simon. Il va te remettre sur pieds.

Tous mes gestes se font au ralenti. Rose, contre moi, me semble aussi légère qu'une plume. Je n'avais pas remarqué qu'elle avait maigri. Je sens ses os me toucher, percer ma chair. Je sens l'absence de ses quelques rondeurs que j'aime tant et que je n'ai pas vues disparaître. Je la dépose sur son côté du lit bien fait et non du mien où les draps sont aussi froissés que son visage. Sa peau est chiffonnée, car elle ne trouve aucun instant de sérénité au milieu des grimaces provoquées par les douleurs qu'elle doit ressentir. Je l'entends gémir et sa main s'accroche davantage à la mienne. Une main que je ne lâche pas tandis que l'autre se saisit du téléphone. Lorsque notre médecin de famille décroche, je ne lui explique pas la situation. Je lui dis simplement que Rose a besoin de lui, de venir le plus vite possible.

2

La suite de ce premier évanouissement n'est que cauchemars. Je ne pense plus à ma retraite tant attendue, à l'oisiveté que j'espérais partager avec Rose. Des heures à se regarder vivre. Toutes ses heures où nos regards ne se sont pas croisés, car je n'étais pas là. Et maintenant, il est trop tard.

Je vois ma Rose s'affaiblir de plus en plus, son appétit s'en aller, ses chairs s'effacer. Elle est tellement fatiguée, si épuisée. Le moindre effort la terrasse. En la regardant, je ne peux pas m'empêcher de penser que les jeux sont faits. J'aimerais pourtant garder l'espoir que ce ne soit qu'une maladie éphémère, qu'elle va se remettre, reprendre goût aux petits plats que je lui prépare. Pour ne pas l'affoler, j'en mets toujours très peu dans son assiette. Elle essaie parfois d'en avaler une ou deux bouchées pour me faire plaisir, mais son estomac proteste et chavire. Il ne veut rien garder. Alors, le plus souvent, elle repousse son assiette au centre de la table et me dit :

— Je n'ai pas faim ! Vraiment !

Puis elle se lève pour retourner s'allonger sur le canapé que j'ai légèrement déplacé afin qu'elle puisse regarder à travers la fenêtre dont j'ai tiré les rideaux à chaque extrémité. Je veux qu'elle se gorge du bleu du ciel, de la lumière du soleil. Je veux qu'elle voie les nuages avancer, qu'elle admire les oiseaux déployer leurs ailes. Je veux qu'elle ait conscience qu'une nouvelle journée s'est levée pour elle. Je lui propose tous les jours d'aller apprécier tout cela du jardin, mais malgré l'air doux de cette période de l'année, elle décline mon invitation à chaque fois. Elle n'a plus goût à rien. Elle se laisse aller, n'a pas la force de se battre. Et, de mon côté, je suis si triste, j'ai si peur. J'essaie de me battre pour elle. Mais je ne suis pas elle. Je vis donc sur le même rythme et c'est une allure languissante qui nous colle à la peau. Je reprends une cadence plus vive lorsque je dois m'absenter pour aller faire quelques courses ou aller à la pharmacie chercher ce que le docteur Simon lui a prescrit. Je veux faire ces choses rapidement pour ne pas la laisser seule trop longtemps.

 Pendant des jours, des semaines, Rose reste silencieuse. J'ai l'impression qu'elle digère la nouvelle de sa maladie, de ce cancer qu'elle n'a pas vu venir. Il la foudroie à une vitesse fulgurante et, malgré les traitements qu'elle subit à l'hôpital deux fois par semaine et les médicaments qu'elle avale, elle va de plus en plus mal. Elle semble seule face à elle-même. Elle paraît subir son sort sans vouloir le partager avec moi. Mais elle ne peut pas faire autrement, car je suis là, je ne la quitte pas. J'endure son épreuve, je partage sa souffrance. Et nous savons tous les deux comment cette mauvaise aventure va se terminer.

Nous laissons donc le temps s'écouler. Nous attendons ensemble l'arrivée de la faucheuse.

Rose commence à rechigner lorsque je lui demande de se préparer pour l'hôpital. Elle commence également à oublier de prendre ses cachets. Elle regarde les petites pilules posées près de son verre d'eau et détourne le regard. Je la rappelle à l'ordre, un ordre qu'elle balaie d'un geste de la main. Je la dispute, lui dit les choses que je sais devoir lui dire, mais je ne suis pas très convaincant. Je le sais. Elle m'a toujours un peu mené par le bout du nez et elle continue même dans cette terrible épreuve que nous traversons. J'insiste, puis je la laisse faire. Et lorsqu'elle m'annonce clairement qu'elle veut tout arrêter, laisser venir ce qui doit se passer, je me résigne. Je la comprends. Elle ne désire pas passer son tout dernier été à éprouver les tortures de la chimiothérapie. Le mauvais traitement comme elle l'appelle. Elle ne veut plus perdre ses cheveux. Me dit que je ne vais plus aimer la caresser. Elle se sait condamnée et son médecin aussi. Il saisit le sens de sa réaction et l'accepte. Depuis cette décision, Rose retrouve un peu goût à la vie. Les dernières saveurs qu'elle souhaite siroter. La fin de sa vie qu'elle veut mener comme elle l'entend.

Et ma Rose l'entend de manière tranquille, faite de petits bonheurs à savourer comme des friandises. Elle est trop épuisée pour croquer la vie à pleines dents, mais elle veut des moments à partager avec moi qui lui laisse un goût sucré quand, le soir venu, elle réintègre notre lit.

Je la regarde alors s'endormir sans que mon cœur soit délesté d'un poids qui ne me quitte plus depuis des semaines. Mais je ne lui montre rien en dehors du sourire que je lui offre chaque soir au moment où elle ferme les yeux. Je ne veux pas qu'elle emporte avec elle des saveurs amères de nos derniers jours ensemble. Elle nous désire côte à côte jusqu'au bout. Dans notre maison, dans notre lit. Et non dans un endroit aseptisé d'émotions.

Le matin, je ne la brusque pas. Je la laisse se réveiller doucement. Je me lève souvent avant elle, mais je prends le temps de m'émerveiller devant celle qui m'a accompagnée tant d'années. Je l'admire de la voir utiliser dorénavant ces dernières forces pour se diriger vers cette impasse qui l'appelle. Je sais qu'elle a peur. Pourtant, elle combat ce terrible vertige avec courage, en retenant ses larmes. Je verserais bien les miennes, mais je ne veux pas lui faire cette peine.

Une fois qu'elle est debout, je lui cède la cuisine après lui avoir préparé son thé fumant qu'elle boira lorsqu'il sera tiède. Je pose devant elle le journal à la page des mots croisés et j'allume la radio sur une station qui diffuse des chansons qu'elle aime écouter. C'est son moment et je la quitte jusqu'à ce qu'elle ait vidé sa tasse qu'elle mettra dans l'évier. Je la laverai plus tard, lorsqu'elle sera en train de se préparer. Car chaque matin elle monte dans la salle de bain pour prendre une douche, se coiffer, se maquiller légèrement et mettre une de ses robes colorées pour apporter de la gaieté à sa journée. Ce sont des choses qu'elle ne faisait plus depuis qu'elle sait qu'elle est malade. Elle renoue avec ses petites habitudes et je sens mon cœur se serrer d'amour. Je remercie ma Rose silencieusement.

Elle accepte d'aller de temps en temps dans le jardin et de s'allonger sur le transat. Elle me demande de le mettre face au soleil. Elle me dit qu'il la réchauffe et que cela lui fait du bien. Ses paupières s'abaissent et son visage se tend vers les rayons qui lui caressent la peau. Je vois un sourire se dessiner sur ses lèvres, ses pommettes se relever légèrement. Ses petites rides, autour des yeux, s'accentuent et lui donnent un air que j'aime bien. Je m'allonge près d'elle, dans le second transat. Je profite du même soleil qu'elle et c'est bon. C'est un instant où je prends sa main dans la mienne. Elles sont suspendues entre nous, frôlent l'herbe haute que je n'ai pas tondue depuis longtemps. La bouche de Rose reste close. Mais je sens, au fil des après-midi étendus là, qu'elle aimerait me parler, vider son cœur, le libérer des mots qu'elle tisse dans sa tête avant de me les dire comme elle le souhaite.

Les jours passent et le soleil nous gorge de son bienfait. Je patiente, je laisse Rose venir à moi, se livrer. Puis, une fin d'après-midi, elle me parle. Je ne l'interromps pas. Même lorsqu'une ou deux minutes restent accrochées dans l'air, dans le silence de ses prochains mots. Elle les prépare pour que je saisisse tout leur sens. C'est beau ce qu'elle me dit. C'est profond. J'ai envie de pleurer, mais je ne le fais pas. Car Rose ne verse pas une larme en s'épanchant ainsi, en me contant son cœur.

— Merci d'avoir été là, Philibert, d'avoir partagé mon existence. Notre vie a été belle. Entrecoupée d'un grand malheur, mais nous avons tenu le coup. C'est ça l'amour, n'est-ce pas ? Ne pas laisser un amour se ternir alors qu'il est réellement présent au fond de nos cœurs. Nous avons peint notre vie comme nous l'avions décidé, en gardant le but que nous nous étions fixé. Rester ensemble jusqu'à la fin. Mais à l'époque, nous imaginions que nous partirions en même temps. »

Quelques secondes s'effilochent et elle reprend.

— Nous nous sommes trompés. Je t'abandonne la première et cela me rend triste. Je n'ai pas peur de partir. Enfin, plus maintenant. Si tu savais comme j'ai eu peur au début. Je me répétais sans cesse que ce n'était pas possible, que je ne pouvais pas mourir, te laisser seul. Mais aujourd'hui, ça va. Je me fais doucement à cette idée. Je me dis que ce n'est qu'un mauvais moment à passer. Pour toi comme pour moi. Je ne sais pas ce qui m'attend après. Est-ce que tout s'arrête ? Est-ce que je vais revenir sous une autre forme ? Est-ce qu'il y a quelque chose là-haut ? Et si oui, quelle chose ? Je n'en sais rien et peu importe. J'essaie de ne pas y penser. Ce qui m'inquiète, c'est toi. Je te vois tellement mélancolique. J'ai peur que tu t'effondres quand ce sera terminé. Tu dois te dire : mais comment ne pas m'effondrer ? Je sais que les premiers jours seront difficiles et, si tu t'écroules, je comprendrais. Mais ensuite, il faut que tu continues. Que tu continues jusqu'au bout de ta vie. Car la tienne ne sera pas finie. »

Sa bouche se ferme pour mettre en attente la suite. Je pense qu'elle le fait pour que je digère ce qu'elle vient de me dire. Elle saisit que c'est difficile de m'imaginer continuer sans elle. Car, la situation serait inversée, elle penserait la même chose. C'est moi qu'elle accompagne avec cette confession. Alors que c'est moi qui devrais l'escorter jusqu'à la fin de sa vie. Rose a toujours été plus forte que moi et elle me le prouve encore une fois.

— Après les premiers jours passés sans moi, il faudra te relever. Tu sortiras. Tu iras prendre le soleil. Tu iras voir la mer. Cela fait du bien de regarder l'océan. Cela apaise. Tu continueras à fréquenter nos voisins. Tu pourrais prendre des cours de cuisine, car je ne serais plus là pour te faire tes plats préférés. Tu iras dans le centre-ville te promener au milieu de la foule et t'asseoir à la terrasse d'un café pour lire le journal, observer les badauds et te rendre compte que le monde continue de tourner. Enfin, voilà ! Tu feras des choses pour sentir le temps s'écouler et l'apprécier. Ne pas rester figé. Ne pas rester seul. Ne t'inquiète pas pour moi, car ce ne sera qu'un sombre passage pour rejoindre un ailleurs mystérieux. Tu me le promets ? »

J'ouvre les yeux pour voir que les siens sont toujours fermés. Je pourrais verser une larme sans que Rose s'en aperçoive. Mais à la place, je verse à mon tour quelques mots.

— Je t'aime ma chérie. Je t'aime tellement. Je vais essayer, je te le promets. Mais je ne sais pas si j'en serais capable. Pour le moment, je n'y arrive pas. Mais je vais essayer. »

Elle se tourne vers moi, ouvre les yeux et me sourit.

La semaine d'après, Rose est davantage affaiblie. Et je trouve qu'elle a encore maigri. J'ai l'impression qu'elle est en train de s'effacer. Son teint est blafard. Elle devient ombre.

Le jeudi soir, nous nous mettons sous les draps et elle se tourne vers moi, reste face à moi. Son visage est imprécis tant nous sommes proches. Son souffle chaud m'imprègne, me pénètre. Un souffle où vogue une phrase qu'elle prononce tout bas.

— Prends-moi dans tes bras, mon amour ! »

Je l'entoure jusqu'à ce que son corps soit avalé par le mien. Je sens son odeur que je connais par cœur. Je la respire pour que son effluve m'imprègne, s'imprime sur moi. Et je me dis qu'il faut que je m'en souvienne. Mes pleurs, que je retenais prisonniers, s'échappent alors. Et j'entends les sanglots de Rose qui m'accompagnent.

Je ne l'ai pas lâchée de la nuit. Je n'ai pas dormi. Je ne voulais pas ne plus la sentir.

3

Ma Rose me quitte. Moi qui avais espéré une seconde jeunesse au lendemain de mon dernier jour de travail, je ne la désire plus sans la présence de Rose. C'est tout le contraire. Et je commence à me sentir plus vieux que jamais. Tant qu'elle était là, à me sourire, à m'aimer malgré les épreuves, je n'éprouvais pas les années. Elle était comme une béquille sur laquelle je pouvais m'appuyer. Je ne voyais pas le temps passer. Rose savait rendre notre vie à son image. Belle et tranquille, sans trop penser au passé. Elle faisait en sorte que tout se passe bien. C'était un véritable arc-en-ciel dans la grisaille qui nous entourait parfois et dont nous arrivions à sortir en avançant dans cette brume épaisse contre laquelle nous luttions pour la voir enfin s'évaporer.

Ma Rose n'est pas partie en claquant la porte. Ma Rose s'est éteinte.

Elle s'est d'abord endormie. Elle était dans mes bras, mes bras qui ne l'ont pas lâchée une seule seconde durant la nuit. Puis elle ne s'était pas réveillée. Son corps, chaud au crépuscule, était glacé à la pointe de l'aube. C'était terrible. Je n'arrivais pas à l'abandonner et je faisais tout pour la réchauffer. J'espérai qu'elle reprenne conscience alors que je savais que c'était terminé. Ma douleur n'avait pas de mot et elle n'en a toujours pas. Elle ne frappe pas à un seul endroit, elle est partout.

Après un temps indéfinissable, car pour moi celui-ci est figé, je me suis habillé et j'ai ensuite revêtu Rose d'une de ses robes préférées. Puis, je l'ai portée jusqu'à la voiture pour l'emmener à l'hôpital. Ils l'ont mise dans une pièce froide où j'ai pu l'accompagner. Je suis resté près d'elle, je ne l'ai pas quittée du regard. Comme si j'avais peur qu'elle disparaisse.

C'est un long sommeil dont elle n'est jamais sortie. Et pendant ce long sommeil, je lui parle, je lui tiens la main, je lui caresse la joue. Je tente de garder le contact avec elle. Je veux qu'elle sente ma présence, mais je crains qu'elle n'entende pas ma voix lui souffler de douces paroles de réconfort. Je n'oublie pas de lui dire que je l'ai aimée à chaque instant, que je l'ai toujours aimée, que je l'aimerai toujours. Je ne lui ai pas assez dit lorsqu'elle était encore capable de l'entendre. Un mot si simple pourtant qui faisait pétiller ses yeux, qui faisait bondir son cœur, lorsqu'il venait choyer ses oreilles. Je lui ai dit si souvent lorsque nous étions jeunes. Mais les années passant, même si ces mots résonnaient en moi, je les prononçais de moins en moins à haute voix. Comme je le regrette. Cela lui aurait peut-être donné envie de rester plus longtemps avec moi. Je suis sûr que Rose aurait adoré les entendre tous les jours. C'est un long sommeil qui dure, qui ne s'arrête malheureusement pas. Je passe des heures près d'elle et je la regarde se vider de ses dernières couleurs. Je remarque qu'elle maigrit encore. Ses chairs continuent à fondre comme neige au soleil et la forme de son ossature est de plus en plus visible. Elle devient peu à peu transparente. Comme si son corps est en train de préparer son éclipse. Elle se fait de plus en plus petite et le lit sur lequel elle repose se transforme en linceul qui devient de plus en plus grand. Elle s'y perd, je la perds. Et bientôt, elle aura réellement disparu, elle sera étendue sous son drap mortuaire.

Depuis qu'elle s'est endormie, j'en profite pour pleurer. Elle ne me voit plus. Je ne veux pas qu'elle soit triste à cause de moi, qu'elle voie mon accablement. Elle s'en voudrait de me faire de la peine. Et je n'aspire pas à ce que ma Rose éponge ma tristesse et devienne plus chagrine que moi. Là, elle ne peut plus pleurer. Elle est sèche de tout.

Je me vide de toutes les larmes et je ne sais pas s'il va m'en rester pour le jour où elle me quittera vraiment. Ce jour où elle disparaîtra complètement. Car je prends conscience, dans cet espace froid et aseptisé, qu'elle ne se réveillera pas. Je veux la pleurer comme elle le mérite, à la hauteur de mon amour pour elle. Et, depuis mon réveil solitaire, je ne peux plus m'arrêter de larmoyer. Je me mets à sec et je deviens de plus en plus vieux. C'est comme si je souhaitais accélérer le rythme de ma vie pour partir avec elle, la rejoindre dans son sommeil, l'accompagner dans son repos éternel. Je désire hâter l'écoulement des jours prochains, ceux où elle ne sera plus là, afin de ne pas passer trop de temps sans elle après son départ. Je prie pour que mon grand voyage succède au sien. Je suis si effrayé à l'idée de vivre sans elle. Je continue de la regarder, de constater qu'elle ne refait pas surface. Je le sais plus que jamais et je deviens une fontaine de larmes. Rien ne peut me distraire de ce que je vis, de ce qu'elle endure dans un silence de mort. C'est la fin d'une vie, de sa vie, de notre vie. Et la mienne n'aura aucun sens sans la sienne.

Après ces secondes, ces minutes, ces heures, celle du grand départ est arrivée. Moi qui ne suis pas croyant, je prie n'importe quel Dieu pour que cela n'arrive pas, qu'on ne me l'enlève pas. Mais aucun ne m'écoute. Je les trouve si cruels. Je les déteste et je décide de cesser de croire en eux.

Je sens que ma Rose s'échappe. Sa main qui, quelques instants plus tôt, était encore dans la mienne, s'évade, glisse, lâche prise. C'est terminé. Je le sens. Je le sais. Ma Rose n'est plus et, même morte, elle me dit qu'il est temps de nous dire adieu, de se séparer définitivement. Mes pleurs inépuisables ont redoublé d'intensité. Je suis une source en pleine activité alors qu'elle a rendu l'âme et qu'elle n'est plus qu'une enveloppe vide, incapable de me montrer sa propre peine en pleurant de concert avec moi.

Je me vois lui prendre la main une dernière fois et coller mes lèvres contre les siennes. Je veux la sentir davantage avant son absence totale. Je ne sais pas combien de temps a duré notre immobilité. Je ne vois pas le temps s'écouler contre elle. Nous devons faire un bien triste tableau, être une bien douloureuse image.

Un homme en blouse blanche est entré dans la pièce. Il s'est avancé doucement vers notre couple enlacé, comme s'il ne voulait pas nous déranger. Il a fini pourtant par poser une main délicate sur mon épaule et m'a murmuré des mots que je ne souhaite pas entendre. Des mots que, lui-même, je le sens, ne désire pas prononcer. Il essaie, néanmoins, de me raisonner. Il faut que je me sépare de Rose, que je les laisse s'occuper d'elle. Je ne peux plus rien faire. Il est temps que je parte, qu'elle se prépare pour l'autre monde. Elle n'est plus là et c'est ainsi. Il faut que je l'abandonne pour toujours et cela me déchire le cœur.

Je sors donc de cette chambre funèbre.

Je pars malgré moi et je rentre à la maison. Seul. Sous le choc. Je ne réalise pas vraiment. J'ai une pensée qui ne me quitte pas, une espérance ancrée tout au fond de moi. Celle que demain je reviendrai ici, dans cet hôpital. Celle que je retrouverai ma Rose. Pour lui demander comment elle se porte, si sa nuit a été bonne, si elle se sent reposée, en meilleure forme. Celle où je lui tiendrai encore la main, lui caresserai son visage, lui soufflerai mon amour, ma hâte qu'elle se réveille, mon impatience qu'elle revienne rapidement à la maison.

Cette pensée est encore là au moment où je me glisse à l'intérieur des draps. Elle est comme un espoir, comme une résurrection certaine de ma bien-aimée. Et je refuse qu'elle me délaisse.

J'ai le cœur presque léger en y pensant, en croyant au lendemain, en croyant à un miracle. Mais je me réveille en pleine nuit, le visage mouillé de larmes, chaque partie de mon corps en souffrance, en manque. Je réalise encore une fois que ma Rose est bien morte, qu'elle ne reviendra pas. C'est comme une image qui tourne en boucle dans ma tête et que ne veut pas en sortir. Je m'en veux de mon espoir perdu. Je me sens nul, idiot, et, soudainement, tellement seul. J'ai envie de hurler, de m'arracher les cheveux, de me taper la tête contre les murs, de faire voler chaque objet présent ici pour qu'il se brise en une multitude de morceaux. Comme l'est mon cœur. Regarder la réalité en face est déchirant. Seul dans le noir, je suis au supplice.

Les jours précédant l'enterrement de mon amour perdu, je ressemble à un fantôme. Je ne me lave pas. Je ne m'habille pas.

Et comme je ne mange pas non plus, je commence à sentir mes chairs fondre. Mon pyjama, qui est devenu mon apparat de chaque jour, est sans forme, sans retenue, comme mort, comme moi.

Lorsque je n'erre pas comme une âme en peine, je reste allongé dans notre lit. Un lit qui, je le sais désormais, n'est plus notre lit, mais mon lit. Mes yeux restent ouverts, car je ne trouve pas le sommeil. Un sommeil qui, pourtant, me permettrait de voyager ailleurs. Un ailleurs hors de portée de la douleur qui ne me quitte pas depuis le départ de Rose. Ma Rose qui me manque déjà tellement. C'est la seconde fois que je ressens une absence aussi intensément.

Je ne pleure plus. Mes larmes, en effet, ont cessé de couler. Mais de vilains cernes se creusent sur mon visage. Un visage qui a vieilli de plusieurs années en quelques jours. Je me sens vide, vide de tout. Le tout qui faisait ma vie, qui faisait me sentir vivant. Le tout qui me permettait de continuer. Ce tout m'aidait à adoucir les angles de ma vie, à les arrondir et même à les oublier de temps en temps. Ce tout qui faisait que tout était supportable. Je me rends compte que Rose était mon tout. Elle était mon fil. Le fil qui tenait ma vie. Et la vie ne tient qu'à un fil.

Demain, je vais enterrer Rose, je vais inhumer mon amour, je vais ensevelir mon fil.

4

Le cercueil, dans lequel est enfermée Rose, descend lentement dans les entrailles de la Terre. Je le regarde, je ne peux pas le quitter des yeux.

Une boule se forme au creux de mon ventre. Elle grossit au fur et à mesure que le cheminement de mon aimée progresse vers sa dernière demeure. Elle prend de plus en plus de place en moi, au plus profond de moi. Elle devient énorme. Elle me fait de plus en plus mal. Je ne pleure pas, je ne crie pas. Pourtant, mes sanglots et mes hurlements sont bien là. Ils sont tapis, profondément enracinés. Ce que je ressens, à cet instant, est terrible. Et des images macabres s'impriment dans ma tête, défilent devant mes yeux comme un mauvais film d'horreur. Je n'arrive pas à appuyer sur la touche « arrêt » de mon imagination. Elles s'enchaînent dans une course effrénée. J'aurais pu essayer d'imaginer de belles choses, pleines de joie et d'allégresse, afin de stopper ce diaporama insupportable, mais je suis à l'enterrement de ma femme. Comment puis-je penser agréablement dans un moment comme celui-ci ? C'est impossible !

Je suis en plein cauchemar.

J'imagine son beau sarcophage, en bois d'olivier, supporter plusieurs tonnes de terre.

Je vois le corps de ma Rose sous cette terre. Elle est habillée de sa belle robe blanche, aussi blanche que le jour de notre mariage. C'était il y a si longtemps. Un temps où cette couleur lui allait si bien. Elle était tellement magnifique au pied de l'église, souriant à la foule qui nous regardait, qui photographiait notre bonheur. Mais en ce jour tragique, je n'arrive pas à la trouver belle, car sa beauté est passée, a trépassé dans un monde funeste. Elle l'était lorsqu'elle riant, alors qu'elle me regardait. Quand elle était encore de ce monde. De mon monde. Mais là, son corps, ainsi drapé, n'arrive pas à faire gonfler mon cœur. Il est coincé dans son rembourrage satiné hermétique, étriqué, sans liberté de se mouvoir. Je me dis, durant un court moment, qu'elle ne va pas pouvoir respirer, avant de réaliser qu'elle n'en a plus besoin, qu'aucun souffle ne franchira plus la barrière de ses lèvres.

Je vois son lit de bois s'imprégner d'humidité au fil du temps, s'abîmer, s'altérer, se détériorer. Sa beauté et sa solidité d'origine ne sont plus. À la place, il n'y a plus qu'une boîte sinistre, laide, pourrissante, perméable.

Les jours de pluie, l'eau, mêlée à la terre, s'infiltre en creusant son chemin dans de petites rigoles vicieuses et prend plaisir à venir inonder ma Rose. La terre devient de plus en plus meuble, de plus en plus boueuse. Elle devient mouvante, flottante. Un refuge idéal pour les vers. Une matière si souple que les insectes peuvent se mouvoir avec aisance. Ils trouvent, sans difficulté, la route pour aller se nourrir. Ces petites bêtes nécrophages me dégoûtent, mais j'observe néanmoins leur cheminement. Mon imagination ne fuit pas, malgré ma nausée grandissante, malgré l'horreur à venir que j'anticipe. Malheureusement, je n'en perds pas une miette. Et le pire n'est pas encore arrivé. Ce film atroce continue de se dérouler sous mes paupières fermées. Je pourrais les ouvrir pour tout arrêter, mais je m'en sens incapable. Une force, contre laquelle je ne peux pas lutter, m'oblige à regarder jusqu'au bout.

Ces funèbres bestioles sont arrivées à la fin de leur route. Une route qui s'achève près de ma belle endormie, ma Rose plongée dans son ultime sommeil.

Sa belle robe blanche ne ressemble plus à rien, elle n'est plus que lambeaux. Sa couleur d'origine a viré au marron sale. Une couleur monstrueuse. C'est un mélange de teintes grossières et insupportables.

Les charognards se comptent par milliers. Leur odorat très sensible les a menés là. Des vers, des larves, des mouches, des coléoptères. J'en invente peut-être, car, dans mon état du moment, mon extrapolation est inépuisable. Je les vois ramper sur ma bien-aimée, recouvrir son corps, se glisser sous sa robe, s'introduire dans sa bouche, dans ses narines, dans ses oreilles.

Mon esprit inventif est témoin de leur sinistre invasion. J'assiste à leur repas de fête, impuissant. Des haut-le-cœur me secouent, me soulèvent le cœur. Je les ai au bord des lèvres. Mes larmes, qui se sont pourtant taries, retrouvent le passage pour venir sillonner dans les rigoles de mon visage fatigué. Mes proches, présents à l'inhumation de Rose, notre famille, nos amis, doivent croire à un nouvel effondrement du mari effondré, éploré. Ils n'ont certainement aucune idée du film qui se joue dans ma tête. Un film dont le mot « Fin » ne s'affiche toujours pas à l'écran. Les images continuent à défiler, sans la bande-son. Et je n'ai pas de mot assez fort pour décrire l'horreur de mes visions.

Toute cette faune, mangeuse de cadavres, s'acharne sur Rose. Ces créatures carnivores sucent, picorent, grignotent, se gorgent, festoient et se régalent. Les chairs de Rose disparaissent dans leurs petites bouches carnassières. C'est un supplice et je n'arrive pas à imaginer qu'elle ne sente rien. Car j'ai l'impression d'éprouver chaque douleur que cela peut provoquer. Je vois ma Rose disparaître petit à petit. La scène se passe au ralenti afin que je ne rate rien du spectacle. Son enveloppe se volatilise, morceau par morceau. Chaque détail de son physique que j'aimais tant trépasse pour finir dans ces estomacs avides.

Une autre séquence se fige maintenant dans mon esprit. Rose est désormais décharnée. Dorénavant, son corps de chair n'est plus qu'un squelette. Un tas d'ossements à l'étrange coloration. C'est un mélange de blancs, de jaunes, de rouges. À l'extrémité de ce qui avait été ses mains, si douces et si habiles, se dessinent des ongles sales et très longs, légèrement repliés, donnant l'impression de serres griffues ou de pattes de félins prêts à l'attaque. Ses cheveux ont poussé, se sont emmêlés. Ils ont perdu leur souplesse d'antan, semblent rigides, paraissent se détacher de son crâne. Ma femme, ce qu'elle avait été, n'existe plus. Tout ce qui la modelait a disparu. Son humanité s'est envolée.

Je pense que mes yeux sont ouverts et que ce que je vois est réel. Je veux les fermer pour que tout s'arrête, mais mes paupières sont déjà closes. Elles sont comme un écran de cinéma diffusant une scène d'épouvante. Et il faut des mains amicales pour me secouer et me permettre de reprendre connaissance. J'ouvre donc mon regard sur le monde qui m'entoure et je réalise que mes pieds sont bien ancrés à la terre qui engloutit ma femme à jamais. Ces horribles images ont disparu et celles que je regarde maintenant m'épouvantent tout autant. Car je ne peux pas concevoir que ma Rose soit éternellement absorbée dans les entrailles de la Terre, qu'elle se consumera de la même manière que le cauchemar qui m'a hanté précédemment.

Je me tiens droit comme un I et je fixe le cercueil recouvert de terre et la plaque couchée sur le sol qui viendra bientôt se planter à la tête de ce trou désormais comblé. Une plaque en marbre gris qui clame mon amour. Ces mots en lettres penchées, tout en boucles, sont gravés pour toujours. Des lettres que je vois noires, aussi noires que mes pensées, aussi noires que la pierre au fond de mon cœur. Mon regard s'accroche à la phrase inscrite, a envie de l'effacer, de l'arracher. Je voudrais un retour en arrière, une résurgence où Rose reviendrait, plus vivante que jamais. Les mots deviennent de plus en plus flous. Ils s'évaporent, tombent en évanescence. Ils suivent le chemin de ma chère et tendre aimée. Les gens venus dire un dernier adieu disparaissent également. Je les vois m'abandonner là pour avancer vers leurs véhicules qui les attendent à l'entrée du cimetière.

 Je reste seul. Je ne bouge pas. J'ai les pieds cloués au sol, incapable de me déplacer, même de ciller, impuissant à penser à autre chose que le cauchemar venu me hanter. La peur a lancé son assaut.

5

Le soir de l'enterrement, je suis dans un état d'effondrement au-delà des jours précédents.

Les personnes qui m'ont accompagné dans ma douleur, qui ont été présentes tout au long de cette terrible journée, m'ont enfin quitté pour retrouver leurs existences. Elles ne sont plus là et j'éprouve, en quelque sorte, un grand soulagement. Car je me sens mort alors qu'elles sont tellement vivantes.

Après la plongée de Rose dans les abîmes de la terre, ils sont venus à la maison. Lorsqu'ils ont quitté le cimetière, j'avais espéré rentrer seul. Mais je me suis trompé. Ils sont venus me rejoindre à la maison pour ne pas m'abandonner.

L'ambiance qui règne dans la maison est feutrée. Les personnes présentes tardent à partir, à me délaisser.

Ils parlent par petits groupes éparpillés ici et là dans le salon. Leurs voix ne sont que des murmures, comme des chuchotements pour ne pas me déranger, afin de ne pas importuner le fantôme de Rose planant dans la pièce. Mais j'entends ces morceaux de voix, ces bouts de phrases, qui me parviennent, qui envahissent mon espace, mon envie de solitude.

— Pauvre Philibert ! J'imagine ce qu'il doit vivre !

— Partir si jeune, quand même !

— Il va se sentir si seul ! Je viendrai le voir, lui apporter mes petits plats faits maison.

— Et regarde-moi le jardin ! Je passerai pour tondre la pelouse.

Et pendant tout ce temps, je demeure dans ma bulle de souvenirs. Des souvenirs que je n'ai aucune envie de fuir pour vivre ce jour funeste. Une bulle dans laquelle je me réfugie jusqu'aux claquements de ma porte d'entrée lorsqu'ils partent les uns après les autres. C'est une farandole qui provoque en moi des soupirs de soulagement.

Je suis enfin seul face à ma tristesse que je ne veux pas partager.

Il ne me reste plus qu'une maison vide. Elle l'a pourtant été les jours précédents l'enterrement de Rose. Ces jours où j'étais là alors qu'elle continuait de se rigidifier dans sa chambre froide. Mais ce soir-là, notre demeure l'est encore plus. J'entends le vide, je le sens, je le vis. Il émet un son terrible. Un son vicieux qui pénètre chaque partie de mon corps et se fraye un chemin jusqu'à mon esprit pour le frapper de folie.

Je parcours toute la maison, je fouille toutes les pièces. Je vais même explorer ce grenier depuis si longtemps laissé à l'abandon. Je cherche ma Rose partout. Je crie son prénom et il résonne telle une complainte lancinante. Je suis comme possédé.

De temps en temps, je m'arrête de déambuler. Car je finis par me rendre compte de mon aliénation. Je stoppe alors ma course effrénée, je deviens une statue au milieu d'une des pièces que je viens de sonder, une statue sur le point de se briser, de tomber en morceaux. Je ne sais même pas si je suis dans le salon, dans la chambre, où dans n'importe quel autre coin de la maison. Mes yeux sont ailleurs, vers un au-delà que je ne trouve pas. Puis, je finis par aller m'asseoir à la table de la cuisine, sur une chaise qui me semble inconfortable. Je ne veux pas me sentir bien et offrir à mon corps un bien-être que je ne peux pas supporter. J'agrippe alors mon visage, je le cache derrière mes mains crispées et je maudis la tragédie que je vis.

Les jours passent et se ressemblent. Je ne peux pas me résoudre à continuer, à m'occuper, à penser à autre chose. Je m'apitoie sur moi-même, je me fais pitié. Mais faire la moindre chose me semble une montagne que je ne peux pas franchir.

Je reste inerte, en dehors de tout. Même manger me paraît insurmontable. Tout ce que je mets dans ma bouche me semble sans goût. Durant ces jours de retranchement dans ma nouvelle vie que je déteste, seule la sensation râpeuse que je ressens en fumant des cigarettes, retrouvées par hasard dans le fond d'un tiroir, se révèle en avoir. C'est un goût désagréable qui est en harmonie avec le noir que je broie sans cesse.

Ce sont surtout les matins qui sont sans parfum.

Ma gorge reste silencieuse également. Pas un mot, pas un râle, rien n'en sort. Je n'arrive pas à faire autre chose que regarder le temps passer, sans rien faire, sans rien dire à l'espace vide qui m'entoure, sans m'adresser à mon reflet dans la glace. Je sais que cette attente est dérisoire. Si je ne fais rien, il ne se passera rien.

Je tente parfois d'évacuer un cri coincé au fond de moi, prisonnier dans mon cœur. Mais il s'agrippe. Il refuse de voir le jour. Et la douleur dans le creux de mon ventre est plus insupportable encore. Je souhaite pourtant m'en débarrasser. Je me dis que j'irais peut-être mieux ensuite. La moindre tentative reste donc vaine pour le moment. Et chaque son craque sous mes dents comme des raisins secs. J'arrête alors leur écoulement, déjà au ralenti, entre deux berges de silence.

Ma maison devient un champ de poussière. La vaisselle s'entasse dans l'évier. Le sol est envahi par mes vêtements. La table ne sert plus au repas, mais à recueillir mes larmes. Les fleurs apportées par la famille, les amis, les voisins, trônent encore dans leurs vases. Mais elles ne ressemblent plus à rien. Elles sont fanées, elles sont flétries, elles ont perdu leurs jolies couleurs pour devenir grises. Certains pétales se sont détachés et jonchent les sols. Ils se répandent sur le carrelage de la cuisine et sur le plancher du salon. Je ne les ramasse pas, je les laisse se gâter davantage. C'est un nouveau tapis qui recouvre mon intérieur.

Ces jours, qui ne passent pas et ces nuits qui ne veulent pas m'emporter vers un monde où ma Rose serait encore là, sont de véritables cauchemars. Le temps semble suspendu. Il ne veut pas avancer, il me retient captif. Tout est figé. Tout est immobile.

Ce sont des jours où il fait noir, car je laisse les volets fermés. Nous sommes arrivés à un mois de l'année où la pluie tombe sans cesse. Une pluie que je ne peux pas voir. Mais j'entends les lourdes gouttes marteler l'allée devant la maison et le toit au-dessus de ma tête que je sais recouvert de mousse. Je laisse tout à vau-l'eau, je ne m'occupe de rien. Ma vie tombe en ruine et ce qui va autour également.

Ce sont des nuits que je désire silencieuses, mais dont les bruits extérieurs me parviennent, me harcèlent. Des bruits parfois infimes. Je souhaite tant me sentir seul que chaque son m'agresse. Les feuilles des arbres claquent les unes contre les autres à cause d'un vent fort qui ne semble jamais vouloir s'arrêter. Des chiens que j'entends aboyer au loin. Des chats errants qui se battent et émettent des cris perçants et insupportables à mes oreilles.

Dans la solitude de ces jours et de ces nuits, je me remémore sans cesse Rose et son absence pour toujours. Elle est à des kilomètres de moi, seule, dans le noir. Un noir qui doit ressembler aux ténèbres les plus abjectes.

Puis je pense à ma propre mort, celle qui viendra me chercher un jour. Au début, cette pensée me déleste des sombres images de ma bien-aimée éteinte à jamais. Et je retrouve un semblant de sommeil lorsque l'obscurité totale est bien installée. J'arrive enfin à m'endormir après avoir versé des tonnes de larmes. Et mon visage, ravagé par le chagrin, finit par s'apaiser. Mais cette quiétude ne dure pas longtemps.

Car des cauchemars viennent m'assaillir, me hanter, me happer, me terroriser.

Je me réveille chaque fois en sueur. Une sueur qui vient se mêler aux sanglots revenus envahir mes yeux, mes joues, mon cou. Ces délires nocturnes sont différents. Jusqu'alors, ils m'assaillaient pour me ronger et je souhaitais plus que tout en finir, aller rejoindre Rose. Mais, désormais, je ne veux plus mourir. Une mort qui me semblait pourtant comme un soulagement, comme une chose tant attendue. Je veux dorénavant la fuir. Je ne veux plus disparaître. En tout cas, pas comme Rose. Je vois maintenant mon départ définitif comme une menace, comme l'épée de Damoclès au-dessus de ma tête.

La vie est pourtant chaotique, avec ses peines, ses tracas, ses épreuves qui la jalonnent. Elle est souvent si dure et ne coule pas sans vague, sans remous. La vie est ainsi et je devrais me dire que sa perte serait un soulagement, que la mort saurait être calme, douceur, sérénité, toute de blanc vêtue, comparée aux années de batailles qui traversent nos existences. Mais je n'y arrive pas. Je m'imagine tout le contraire de ces mots apaisants que je fais pourtant tourner en boucle dans mon esprit.

Ma vie, à laquelle je reste accroché à ma manière, défile ainsi. Avec ses nuits où je demeure tétanisé. Avec ses jours à ne rien faire, à ne pas en profiter. Alors que l'essence même de la vie est de la voir s'animer. Paradoxalement, je ne veux plus la perdre, mais j'ai peur de l'exploiter seul. Car arrêter le temps, tout en restant vivant, signifie, pour moi, ne plus le voir bouger. Et si le temps bouge, il me mènera inexorablement à ma mort. Tout mouvement entraînerait la perte d'un morceau de ma vie. Me remettre à bouger, c'est comme si ma vie se détachait de moi, que je l'expulsais par petits bouts, que je la semais derrière moi. Je ne peux donc pas me consacrer au quotidien de ma vie, aux habitudes que je devrais pourtant reprendre, même si Rose n'est plus là.

J'ai si peur de mourir, d'être détruit, d'être anéanti. Ne plus sortir, ne plus bouger, ne plus rien faire, sont des moyens d'éviter que cela arrive et de faire un pied de nez à cet inévitable dénouement. La grande faucheuse est peut-être déjà à ma recherche et je suis terrifié à l'idée qu'elle me trouve.

La phobie de cet univers inconnu qui m'attend, cet univers morbide que je me fais de la mort, s'installe dans ma tête et m'obsède de plus en plus. J'ai peur de perdre le contrôle de mon existence, de la voir disparaître tout simplement. Je suis effrayé en pensant perdre toute notion de moi, de ma vie. Une angoisse intolérable et extrême me poursuit. Lorsque je ferme les yeux, je ne vois que des cadavres. Je suis cerné par le noir. Tout est si sombre, tellement ténébreux. Des ténèbres qui signifient le néant. Un néant où l'absence de sensations, de conscience, est prégnante. Il n'y a plus rien du tout. C'est le vide total. La fin des temps. La fin de moi. Et je ne peux pas être maître de ce que je ne suis pas, de ce que je ne sais pas, de ce qui se passera après. Si je le savais, peut-être que toutes les images obsessionnelles, qui envahissent mes pensées et mon imaginaire, ne viendraient pas me hanter.

Jour après jour, nuit après nuit, je me torture l'esprit. Celui-ci est en feu et ne me laisse aucun répit. Je suis de plus en plus effrayé à l'idée de mourir, à l'idée de ne plus vivre.

Je n'arrive pas à imaginer ne plus être là, ne plus faire partie de ce monde qui nous offre quand même de belles choses.

Je n'arrive pas concevoir de ne plus voir toute la nature qui nous entoure, de ne plus nager un jour dans les vagues, de ne plus plonger mon regard dans l'immensité du ciel. Je ne peux pas croire que mon futur se fera sans la chaleur du soleil sur ma peau, ou sans sentir les gouttes de pluie ruisseler sur mon visage.

Au-delà de cela, je ne peux pas embrasser le dessein d'être enterré sous des tonnes de terre, d'imaginer mon corps se désintégrer à cause des mangeurs de cadavres.

Je suis pourtant enfermé chez moi depuis des jours, des semaines. Je subis le noir que j'ai consciemment installé dans ma maison. Je suis comme un prisonnier dans le confinement d'une cellule étroite, en isolement de tout et de tous. C'est comme si je me laissais mourir à petit feu.

Toutes ces pensées sont un électrochoc. Je me rends compte que je ne veux pas mourir, ni voir le temps défiler et me mener à l'échafaud. Mais il faut bien continuer de vivre au prix de ma mort prochaine. Et une pensée ne me quitte pas.

Je souhaite m'éteindre autrement, être un trépassé au destin différent de tous ceux qui sont enfermés dans leurs boîtes hermétiques enfouies profondément dans les entrailles de la Terre. Je désire une autre fin. Je veux que mon corps connaisse une vie après son extinction.

SEUL AU MONDE

1

Des mois, presque une année, s'évaporent ainsi. Je suis seul au monde, isolé volontairement dans ma maison, cloîtré dans ma cellule. J'attends d'être saisi d'une illumination qui me mènerait vers une autre vie après ma mort, vers une existence post-mortem autre que celle de Rose. Ma Rose à qui je rends visite dans mes cauchemars et que je vois toujours étouffer par la terre, se décomposer, se faire grignoter jusqu'aux os par des insectes qui me donnent la nausée. Et c'est avec une envie de vomir que je me réveille à chaque fois.

Elle me manque terriblement. Nous avons passé tant de temps ensemble. Mais je me refuse de trop y penser tant son fantôme putréfié me hante. Et décliner cette pensée, c'est également ne plus aller au cimetière, ne pas aller me recueillir sur sa tombe, ce sombre endroit où je la sais enfermée à jamais. Ainsi, je n'ai pas à détourner mon regard pour qu'il ne frôle pas la sépulture d'à côté.

Chaque matin, je me réveille d'une humeur égale. J'ai le cœur lourd. Il bat rapidement, anxieusement. Et les draps imprimés de petites fleurs rouges, ceux que Rose préférait, sont dans un sale état. Mon lit ressemble à un champ de bataille, car ma nuit n'est pas douce, loin d'être paisible. Elle est faite d'angoisses, envahie de sombres nuages. Les mauvais rêves viennent me bousculer et restent imprimés dans mon esprit lorsque, enfin, j'ouvre les yeux.

Je me lève avec une seule envie. Me débarrasser de mon pyjama que je porte et qui sent mes sueurs froides, mes peurs incontrôlables. Des sueurs que j'essaye de faire disparaître sous une douche brûlante. J'espère que la mousse du savon qui glisse sur mon corps poisseux de peurs emportera ce mal-être matinal afin d'aller rejoindre les eaux sales des canalisations. Je reste longuement à regarder cette écume désagréable se retirer, partir pour ne plus m'assaillir. Mais il n'en est rien. Je ne me sens pas propre pour autant et cela ne me fait aucun bien. Et la vue de mon pyjama gisant sur le carrelage, souillé par mes affres nocturnes, m'insupporte. Je me saisis alors de cette chose infâme, pour la jeter aux ordures, pour ne plus jamais la porter, ne plus jamais la voir. Je veux m'en séparer aussi intensément que mon désir d'oublier la douleur que je vis. Mais je n'en fais rien, bien sûr. Ce chiffon repoussant finira dans la machine à laver redevenir ce qu'il était.

J'aimerais passer mes journées hors de mon chagrin, à l'intérieur d'une nouvelle vie. Même si je suis seul. Même si je ne ressens plus l'envie de rien.

J'ouvrirais en grand chaque fenêtre. L'air du monde vivant remplacerait l'air de mon monde moribond. Chaque espace ouvert vers l'extérieur, habillant les murs de ma maison, serait un véritable courant d'air. Une brise fraîche, un vent vivifiant. Je resterais au centre de la pièce principale et les vents entrants m'envelopperaient, me fouetteraient jusqu'à m'assommer. Mes yeux se fermeraient pour les ressentir pleinement. Je frissonnerais, mais mes frissons ne seraient que plaisir. Je demeurerais ainsi, pendant de longues minutes, voire des heures, à apprécier cette nouvelle atmosphère.

Mais je n'en fais rien. Je reste en peignoir toute la journée. Je n'aère pas ma maison qui sent l'agonie, qui se retrouve ankylosée à cause de mon manque de fureur de vivre. Je ne vaque pas ici et là, à ranger, à jeter, à astiquer. Je ne nettoie pas ma maison, je ne la décape pas du sol au plafond, comme je me suis frotté sous la douche. Je ne la vois pas briller. Elle ne dégage aucune fraîcheur. Les produits ménagers restent au fond du placard sous l'évier de la cuisine et, vu mon état, ils y resteront encore longtemps.

Les minutes s'égrènent, les heures défilent, le temps passe. Un temps dont je n'ai aucune notion. Mes yeux ne se sont pas une seule fois arrêtés sur les aiguilles d'une pendule, sur les chiffres digitaux d'un quelconque appareil. Ma montre reste dans le tiroir de ma table de nuit et je ne l'ai pas regardée depuis une éternité.

La lumière du jour décline sans que je m'en aperçoive. Le soleil est haut et la seconde d'après il est ailleurs, quelque part où je ne peux pas l'apercevoir. Il se cache derrière les arbres et les cheminées des maisons alentour avant d'aller plus bas, au-delà de l'horizon. Il n'orne plus le ciel bleu, il n'illumine plus les quelques nuages blancs épars. Le soleil est en train de tirer sa révérence et je ne m'en rends même pas compte. Je n'ai pas assisté à son magnifique coucher. Rose me disait tout le temps que chaque coucher de soleil est unique, avec une beauté différente à chaque fois. Elle les aimait tellement.

Mes fenêtres sont toujours closes et je vis dans un espace qui sent le renfermer. Je m'en aperçois et cela m'est complètement égal. Le soir, je n'allume pas les radiateurs pour réchauffer mon inertie. Mes mains sont gelées. Le bout de mon nez est froid. Mes pieds nus, depuis le matin, se passent de leurs pantoufles chaudes et duveteuses.

Toutes ces sensations, provoquées par le manque de lumière et de l'air vivifiant que je ne laisse pas entrer, prennent ma personne en otage. Je ne bouge pas, je m'interdis de continuer. De temps en temps, je me dis que je vais faire telle ou telle chose, mais je la reporte toujours en me disant que l'envie sera peut-être là demain. Je laisse tout à vau-l'eau. Les sacs poubelles débordent et je ne le vois plus. Les objets, qui occupent les étagères que je devrais dépoussiérer, tombent parfois sur le sol et je ne les ramasse pas. Je ne m'aperçois pas que j'ai tant à faire. Je suis si fatigué de tout. Fatigué et incapable de réagir. Je ferme alors tous les volets afin d'être davantage dans le noir et je me laisse choir sur mon canapé envahi des choses que je n'ai pas rangées. Je demeure ainsi, inconfortablement installé, au milieu de tout.

Le fait de ne rien faire, de rester telle une statue au milieu de mon capharnaüm, me permet de percevoir les bruits qui m'entourent, qui me frôlent sans que cela ne me donner envie de me joindre à eux. Je suis tellement confiné dans mes pensées, envoûté par le manque de désir de me sentir bien, par le refus de m'approprier mon nouvel environnement sans Rose, que mon silence se retrouve envahi, comme contaminé.

J'entends une voiture passer, le nourrisson d'une maison du quartier pleurer, quelques enfants jouer encore dans les jardins, un avion traverser le ciel maintenant bleu marine, une musique venue d'ailleurs me parvenir en sourdine, une bande d'adolescents, garçons et filles, traîner encore dans le parc au bout de la rue. Je les entends rire, se chamailler, se bécoter certainement. Chaque son se détache distinctement, comme s'il est seul au monde. Un autre monde que le mien où mon interruption de vivre se dessine tout autant.

La nuit s'installe à nouveau et je ne bouge toujours pas. Je la laisse m'envelopper, je la laisse me happer. Elle m'engloutit avec tous les objets autour de moi. Les ténèbres envahissent l'espace et seule la lumière jaune des réverbères de la rue filtre dans les ajournements des volets. Je pourrais les ouvrir, me mettre devant la fenêtre. Je les regarderais et ils seraient comme plusieurs soleils se détachant dans le ciel noir. Mes yeux les fixeraient, ne cilleraient pas. Je n'aurais rien d'autre à regarder. Mais rester dans l'obscurité entrave le désordre qui m'entoure. J'aurais tout le temps de l'apprécier le lendemain si je me décide enfin à écarter les ténèbres. Un lendemain où, comme chaque jour, je ne m'attellerais pas à remettre de l'ordre dans ma vie. Je le sais.

Souvent, je sombre ici dans le sommeil, sans avoir le courage d'aller jusqu'à mon lit. Un sommeil alourdi par la fatigue, un sommeil encombré par le fantôme de Rose pour commencer. Mais très vite arrive le mien qui subit les mêmes horreurs que celui de Rose, condamné dans son cercueil.

Je me réveille souvent au milieu de la nuit, l'estomac vide, mon ventre réclamant de quoi se sustenter. Car j'ai encore oublié de manger la veille au soir. Cependant, je n'ai pas le courage de le rassasier à cette heure avancée de la nuit. Je le supplie de se calmer et d'attendre. D'attendre le lendemain. Je me fais violence pour aller terminer ma nuit dans mon lit. J'ai froid et je veux me glisser sous mon édredon. Je me dirige alors vers ma chambre, dans le brouillard d'un mauvais réveil, tel un somnambule. J'y termine mes heures nocturnes, dans une nouvelle chaleur qui m'enveloppe. J'ai mal partout à cause de ma position inconfortable sur le canapé. Mais j'oublie très vite mes douleurs dans le moelleux du matelas.

J'avais oublié de baisser les volets et le matin est arrivé avec de nouvelles teintes qui envahissent la pièce. Les couleurs de l'aube. Une aube différente. Je les regarde pendant longtemps. Ces couleurs me rappellent ma vie d'avant. Rose aurait aimé les voir. Je l'aurais prise dans mes bras et nous serions restés immobiles à apprécier ce nouveau jour ensemble.

Mais, je suis seul et je ne sais pas encore ce que je vais faire. Rendre chaque surface de la maison vierge de tristesse, de chagrin, de brumes lugubres, me semble impossible. Mais aller m'imprégner de plus près de ces jolies couleurs matinales me traverse l'esprit. Je veux cesser quelques minutes seulement, de penser à ce qui m'attend, de libérer mon cerveau sans cesse en train de se projeter vers ma fin.

Je ne sais pas ce qu'elle sera. Pour cela, il me faudrait l'apercevoir, l'atteindre, l'apprivoiser.

Pendant cette période, j'imagine mon avenir. Je vois la vieillesse comme une maladie et la mort comme une cicatrice béante, douloureuse. J'aimerais que ma vision change, que ma cicatrice, lorsqu'elle s'ouvrira, soit indolore, qu'elle se referme rapidement. Je veux que ma mort soit ainsi. Indolore. Aussi éphémère que le scintillement d'un verre luisant. J'aimerais être seulement passé ici. Ce serait un départ pour un nouveau voyage. Un voyage que j'aurais choisi, que j'aurais voulu.

Je tente d'imaginer mille scénarios. Un passage s'ouvrant sur d'autres paysages. De jolis paysages. Un passage dans la pièce d'à côté. Une pièce que les vivants ne verraient pas. Une pièce à l'ambiance agréable. Une pièce où j'aimerais rester cloîtré. J'imagine également être un oiseau. M'envoler. Déployer mes ailes. Me sentir léger comme une plume. Regarder la vie d'en haut. Celle que je n'aurais plus, mais celle que je trouverais si belle, que j'admirerais, que je souhaiterais encore avoir. Sans regret. Parce que ma mort le serait tout autant.

C'est en pensant à tout cela que j'ouvre ma porte et que le monde extérieur m'accueille. Je ressens comme une sorte de vertige à me retrouver à l'air libre. Cependant, je ne fais pas machine arrière. Je me mets à avancer.

2

Je suis dehors et je n'ai qu'une seule envie. Rentrer chez moi. Ce chez-moi où je passe de longues journées seul, où je subis des nuits interminables. Ce chez moi qui exhale la tristesse, la désolation, la perte d'un être cher. Ce chez-moi que j'ai pourtant eu envie de déserter aujourd'hui, dès les premières lueurs de l'aube. Je me retiens de ne pas rebrousser chemin, car un sentiment d'oppression et de mal-être m'accapare de toute part. C'est un chez-moi si rassurant.

Je n'ai plus le désir de sentir la chaleur du soleil sur mon visage, de subir les gouttes de pluie sur mes vêtements qui finiront désagréables à porter, d'éprouver le vent dans mes cheveux, de les décoiffer. Et je me dis que, de toute façon, je ne prends plus le soin de les coiffer. Je ne veux plus sentir tout ce qui fait penser à la vie, car Rose n'a plus la sienne. Toutes ces choses que j'ai aspirées retrouver.

Je ne ressens plus le désir de me mêler aux autres. Entendre leurs voix, leurs rires, peut-être les pleurs des enfants, me pousse à me replier davantage sur moi-même. Je ne veux pas voir leurs sourires, leurs grimaces, leurs yeux pétiller. Je ne veux pas les scruter, les analyser, avoir les mêmes expressions qu'eux. Je ne veux pas leur ressembler.

J'ai envie de me retrouver seul avec mes pensées, regarder mon reflet dans le miroir, ne voir que moi. Mon image, que je ne peux pas éviter, est un écho de ce qu'est ma conscience. C'est une réalité qui me révèle mes rides de plus en plus présentes, mes joues qui commencent à trébucher, mes cheveux se transformant peu à peu en un amas de fils blancs.

Je suis pourtant dehors et je reste là, sans bouger, sans aller me promener. Je demeure figé sur le pas de ma porte. Les secondes s'étirent vers les minutes. Des minutes qui s'accumulent. La tête me tourne un peu. Je sens une certaine ivresse me saisir, comme lorsque je bois un verre de trop. Je me mets alors à avancer doucement, au gré de mes pas, en combattant mes envies de ne rien faire.

En portant sur le dos mon statut de veuf, je passe cette première journée hors de chez moi à sentir l'air caresser mes narines et envahir mes poumons, dans un parc non loin de mon ancien chez nous, tout près de mon nouveau chez-moi. Une centaine de mètres à marcher sur le trottoir, à longer les maisons voisines, à regarder les jardins, à ne pas regarder mes pieds. Quelques pas pour y arriver. Je me retrouve ainsi à l'orée de mon passé et de mon avenir incertain, du flou de l'univers qui m'attend.

Je vais dans un coin isolé et je ne me gêne pas pour accaparer un banc aussi seul que moi qui est là à m'attendre. Je le choisis comme il m'a choisi. Nous sommes faits l'un pour l'autre. Je le trouve assez accueillant. Ses lattes de bois sont vernies. Un vernis apposé depuis peu, car la patine n'est pas encore abîmée par la chaleur du soleil ou par l'humidité laissée par des rosées matinales et des averses de pluie. Son aspect brillant n'a pas eu le temps de passer, jusqu'à disparaître, pour laisser place à un aspect terne et rugueux. De jolis pieds en fer forgé, tout en arabesques, le maintiennent au sol. Ils sont solidement plantés dans l'allée gravillonnée. Tellement solidement que quelques mauvaises herbes sont venues y trouver refuge sans risque d'être dérangées. Il est confortablement installé entre deux arbustes, un peu à l'écart des autres. Mais j'ai une vue d'ensemble qui me plaît. Je me sens prêt à affronter le monde après une éternité à être resté cloîtré entre mes murs. Je veux me mesurer à lui, mais de loin. C'est comme un entraînement à un retour à la vie sans être certain de le vouloir. Car je ne me sens pas capable d'engager une conversation, même quelques mots désinvoltes. Et mon isolement sur ce banc me semble parfait.

Je reste ainsi quelques heures à dévisager le paysage. C'est un parc bien entretenu. Les pelouses aux brins d'herbe d'un vert lumineux et égal sont tondues régulièrement. Les arbustes se font choyer régulièrement par les jardiniers de la ville afin qu'ils se sentent bien dans leur environnement et régalent les regards qui se posent sur eux. Des parterres de fleurs ornent ici et là des surfaces que les pieds ne doivent pas fouler, des fleurs qu'il est interdit de cueillir. Des espaces sont aménagés pour que les enfants s'amusent pendant que leurs parents les regardent jouer, discutent entre eux dans un cadre agréable et sécurisé. Même les poubelles, déposées le long des allées à intervalles réguliers, ne débordent jamais et respirent la propreté.

Le parc est un endroit où je ne venais jamais. Nous aurions pu, pourtant, Rose et moi, venir nous y promener, flâner là quelques heures, nous tenir la main ailleurs que dans notre salon, assis sur notre canapé, à regarder la télévision, ou à lire des livres et des magazines. Mais j'étais souvent absent et le temps passait, les années défilaient, notre jeunesse prenait le large, et nous ne profitions pas de ces petits instants simples, des moments qui font du bien. Et à l'instant où j'ai pu enfin être là, tout est parti en fumée avec la maladie de Rose. Une maladie qui ne lui avait même pas offert assez de force pour aller jusqu'à ce parc.

Immobile sur mon banc, seul mon esprit s'agite. Je pense à elle et à nos promenades avortées. J'ai un peu la tête qui tourne. L'air frais que je n'ai pas respiré depuis tant de temps parade sur moi. La brise que je n'ai pas sentie depuis l'enterrement se heurte à moi. Le soleil qui réchauffe ma peau me rappelle que mon corps est resté froid depuis la disparition de Rose. Toutes ces sensations me troublent, m'étreignent.

Une fois les premières heures du jour disparues, le vide autour de moi se remplit, la foule émerge. Il arrive une heure où les gens de la ville ne sont plus enfermés chez eux, dans leurs bureaux ou leurs usines. Ils ne sont pas encore derrière les fourneaux, le repas du soir ne se profile pas. C'est une heure où les jeunes ne font pas leurs devoirs, où les vieux ne font pas la sieste. Je me retrouve avec un tourbillon de corps qui m'encerclent, passent devant et derrière moi. Certains se prélassent sur l'herbe fraîchement coupée, à quelques mètres de moi. Quelques-uns sont seuls, d'autres à deux ou en groupe, à même le joli tapis vert qui doit les chatouiller. Certains ont prévu des couvertures sur lesquelles ils se sont allongés. D'autres ont près d'eux un panier de pique-niques en vue de rester un peu plus tard, de jouir le plus possible de cette belle journée. Plusieurs marchent tranquillement, se promènent en sillonnant les chemins qui s'entrecroisent. Plus d'un encore occupe les bancs à proximité. Heureusement, ils me laissent seul, sentent peut-être qu'il ne faut pas envahir mon espace. Ils discutent entre eux, lisent, ou ne font rien. Ils profitent simplement du beau temps, leurs visages tendus vers le ciel bleu, vierge de gros nuages ce jour-là. Ils laissent s'effilocher les minutes en regardant les autres, en les observant. C'est ce que je fais.

Je vois également des bicyclettes rouler lentement pour ne pas déranger les piétons. J'aperçois, un peu plus loin, des ballons et des frisbees traverser les airs, aller d'une personne à une autre. Ils entament une sorte de ballet dans le ciel avant de retomber aux pieds de ceux qui jouent. Je les suis du regard un certain temps avant de reporter mon attention sur les visages. Je regarde seulement les faces fripées de celles et ceux qui se sentent moribonds. Leur agonie n'est pas pour maintenant, mais ils y pensent déjà et cela se lit dans leurs expressions. Leurs rides ont la forme de leurs soucis, de leurs interrogations, de leurs craintes, de leurs angoisses. Comme je les comprends ! Mais je désire tant y voir autre chose. Une chose que je ne peux pas déterminer, une chose dont je connaîtrais la signification lorsque je la verrais. Une chose que je passe des heures à chasser, à essayer de repérer. Une chose que je ne trouve pas là. Une chose que je ne rencontrerais peut-être pas demain ou après-demain. Une chose que je ne toucherais peut-être jamais. Un secret bien gardé qui me sera éventuellement refusé.

 Mais l'espoir est cependant là.

 Et c'est avec cet espoir vacillant que je décide de rentrer chez moi. La soirée approche et ne va pas tarder à envahir l'espace. Je n'ai pas vu le temps passer. Je suis resté dans le parc. J'ai même oublié l'heure du déjeuner. En marchant en direction de ma tanière, je me dis que je vais passer la nuit à ressasser cette journée avant de sombrer dans mes abymes faits de cauchemars.

3

Mon lendemain apparaît, identique. Avec la même envie de chercher, de trouver. Je traîne de nouveau mon faible espoir hors de mes murs. L'espoir de découvrir sur un visage une porte qui me mènerait vers la solution. Une clé qui stopperait ma frayeur d'arriver au jour de ma mort.

Je suis assis là depuis plus d'une heure. Sur une vieille banquette au skaï usé et déchiré par endroits, à la couleur bleue qui ne donne pas envie d'y plonger. C'est un bleu criard. Un bleu qui grince, qui fait mal. Je n'y suis pas à l'aise. Cette banquette est tellement inhospitalière. Elle n'atténue pas les soubresauts incessants qui me donnent presque mal au cœur. Mais celle-ci ou une autre, peu importe. Elles se ressemblent toutes.

Je suis assis dans un bus qui traverse la ville de part et d'autre. Lorsque le long véhicule arrive au bout de son trajet, je ne bouge pas. Les quelques usagers, qui sont encore là au dernier arrêt, descendent. Ils ont atteint le point ultime de leur chemin. Je demeure seul, toujours amarré à ma banquette, après avoir subi les tourments et les agressions de personnes peu attentionnées, peu morales, qui m'ont bousculé sans un pardon, sans même un regard, pour ne pas manquer leur descente.

Puis le bus part à nouveau. Dans l'autre sens cette fois. D'autres gens montent, s'installaient sur des banquettes ressemblant à la mienne ou restent accrochés aux barres d'acier. Leurs mains s'agrippent fermement. Ils ont peur de tomber. Une chute provoquée par les chaos du bus. Je vois des mains jeunes, des mains vieilles, des mains manucurées, des mains sales. J'ai envie d'en effleurer certaines, d'autres sont à éviter.

Je ne regarde pas le paysage défiler et encore moins les rues, les immeubles, les boutiques, les arbres, les parcs. Tout ce qui fait l'extérieur. Je n'use pas mon regard sur les vitres sales, pleines de traces grasses de doigts ayant traîné là. Tout cela ne m'intéresse pas. Je veux voir les visages, les scruter, lire en eux. Je regarde surtout les personnes seules et surannées, celles qui ont l'âge des figures ridées, des cheveux blancs, des membres qui tremblent, des articulations qui font mal. Je veux en découvrir d'autres que les visages aperçus la veille dans le parc. Car je n'ai pas trouvé ce que je cherche. Une recherche encore si floue. Je ne sais pas si je vais y arriver, mais j'ai décidé d'essayer. Essayer de percevoir l'espoir quelque part. Et pourquoi pas la certitude que la fin peut être belle.

Mes minutes et mes heures passent ainsi, dans le chahut du bus. Le bruit du moteur est assourdissant. Il couvre les conversations alentour, les échanges de mots qui deviennent incompréhensibles et forment un brouhaha infernal.

Je me focalise sur les traits. J'ai tant à regarder. Ce sont les vieux visages qui m'intéressent. Ceux qui me parlent. Ils ont tant à raconter. C'est incroyable ce que je peux y lire.

J'essaye aussi d'attirer leurs regards, en souriant, en faisant des signes de tête, comme un salut qu'ils auraient envie de me rendre. Mais beaucoup ne me voient pas et d'autres détournent leurs yeux, leurs visages. Ils veulent rester à l'intérieur d'eux-mêmes, dans leurs pensées. Je ne leur en veux pas, car je suis comme eux. Mais il faut que je trouve une chose qui mettrait peut-être fin à mes nuits phobiques. Alors, je les encourage à se tourner vers moi afin de mieux les voir. Je veux capter leur attention, leurs intentions, juste un instant.

Chez beaucoup, la tristesse prime. Elle a trouvé un refuge idéal, un endroit où se nicher. Les sillons formés par les rides la couvent. Elle est bien au chaud et ne cherche plus à s'échapper. La plupart des vieux portent si bien la peine. La peine de vieillir, de sentir la vie prendre le large, s'en aller ailleurs, les quitter pour rester avec les plus jeunes. Et plus les années passent, plus l'affliction de voir la fin approcher affaisse les traits.

Certains vieux sont beaux. Ils dégagent tant de douceur, tant de délicatesse. Ils donnent l'envie d'une caresse qu'une main vienne se poser sur leurs joues. Une main qui resterait immobile quelques instants, une main chaude et bienveillante. Une main qui glisserait ensuite, légère comme une plume. D'autres vieux ont la dureté en eux. Ils la portent comme Atlas soutenant le monde. On voit que c'est douloureux, mais ils ne peuvent pas faire autrement pour continuer à supporter leur quotidien. C'est une montagne que, chaque jour, ils n'arrivent pas à escalader afin de voir au-delà. Peut-être un horizon plus ensoleillé. On distingue, dans leurs traits, un passé chargé des épreuves subies à certaines périodes ou tout au long de leur vie. Une vie faite d'embûches plus nombreuses que de raison. Et d'autres encore rayonnent de médiocrité. Ils ont dû faire des choses, avoir des comportements, dont ils ne sont peut-être pas très fiers. Cette médiocrité est ancrée dans chaque reflet de leurs visages et seule la mort les libérera de cet aspect peu reluisant. Mais quelle mort ?

J'aurais aimé avoir un don. Celui de pouvoir poser ma main sur eux afin de lire davantage en eux. En savoir plus. Beaucoup plus. Avoir des visions. Celles qui pourraient répondre à mes interrogations.

J'espionne les vieux, assis ici et là dans le bus. Des vieux qui me renvoient à moi.

Je m'imagine devant un miroir. Je ne donne pas envie. Et ces vieux sont mon miroir. Je suis un peu moins vieux que certains et plus âgé que d'autres. Mais ma peine reste la même. Et au fond de moi, je crie des mots qu'ils ne peuvent pas entendre.

— Regardez-moi ! Souriez-moi ! Offrez-moi l'espoir ! Juste une petite étincelle pour commencer à y croire.

Je leur répète cela en boucle, silencieusement, sans ouvrir ma bouche, sans remuer mes lèvres. Juste un regard. Mes nerfs s'usent à force de cette interminable litanie. J'ai peur ! Peur de n'être plus rien. Peur d'une mort qui ne me donnera rien. Rien de beau en contrepartie de l'avoir laissée m'emmener. Et cette peur me donne envie de fuir le bus.

Mais je ne bouge pas. J'ai besoin d'espérer jusqu'au soir.

Le chauffeur de bus a remarqué ma présence, mon insistance à ne pas bouger, à passer ma journée ici, à encombrer son lieu de travail. Il me voit depuis des heures prendre possession des lieux, envahir une banquette à moi seul, ne descendre à aucun arrêt, et encore moins au terminus. Je profite de chaque traversée de la ville.

Il m'observe dans son rétroviseur. Je ne sais pas ce qu'il pense. A-t-il peur ? Pense-t-il que je suis malade ? Il se dit peut-être que je suis un de ces vieux qui a perdu la tête, la notion du temps, la notion de l'espace, que je ne sais plus où j'habite, que je reste là à essayer de me souvenir. Peut-être croit-il que je suis fou. Un interné échappé de l'asile qu'il doit transporter toute la journée. Son regard passe de la route à moi. Il me quitte seulement des yeux pour assurer sa conduite. Je le regarde également. Mais mes œillades se font par intermittence, lorsque je n'ai rien d'autre à guetter. Nous nous jetons des coups d'œil réguliers et, parfois, nos regards se croisent. Dans le rétroviseur, je ne vois qu'une toute petite partie de son visage. Le haut de sa pommette. Un sourcil bien fourni, aux poils noirs et drus. Un œil. Un œil aussi noir que son sourcil. Un œil qui parfois est souriant. Un œil qui parfois s'interroge. Un sourcil qui parfois se fronce. Un sourcil qui, de temps en temps, se dresse en direction du ciel, vers son front que je ne vois pas. Un sourcil qui prend souvent l'air étonné.

Lorsque le chauffeur s'arrête quelques instants de conduire, à un arrêt ou face à un feu rouge, je m'attends à ce qu'il vienne me voir, à ce qu'il m'assaille de questions. Mais il n'en fait rien. Il reste bien calé dans son fauteuil et attend. Il me scrute, espère certainement me voir descendre pour arrêter de s'interroger sur ma présence stagnante dans son bus.

Plus la journée avance, plus je dois avoir l'air renfrogné. Je suis las que rien ne se passe, qu'aucune vision ne m'apporte un éclaircissement. J'ai l'impression de voir toujours les mêmes personnes s'asseoir non loin de moi, de regarder des visages qui se ressemblent plus ou moins, de voir les mêmes mains s'agripper aux barres d'acier et aux dossiers des sièges. Et je vois le même chauffeur me fixer dans son rétroviseur.

Les usagers ont changé en fin d'après-midi. Les vieux disparaissent peu à peu. Ils laissent place à une horde déferlante d'adolescents. Des filles et des garçons. Des branchés, à la dernière mode, mais aussi des débraillés. Des grands et des petits. Des indifférents et des rieurs. Certains silencieux, d'autres brailleurs. Ceux-là, ils ne savent pas parler. Ils ne font que hurler. Ils ne savent pas se chuchoter dans l'oreille. Ils crient pour que celle et ceux, juste à côté d'eux, les entendent bien. Et leurs brames se font encore plus tonitruants et déchirent l'air si, par malheur, la ou les personnes qu'ils veulent atteindre se trouvent quelques mètres plus loin.

Ce charivari commence à peine qu'un mal de tête pointe déjà le bout de son nez et qu'une sensation d'étouffement prend possession de tout ma personne. Je suffoque et une transpiration lente et insidieuse amorce une attaque à mon encontre. Le conducteur du bus n'a plus le temps de s'intéresser à moi. Il est bien trop occupé à vérifier les cartes de bus que ces jeunes lui présentent à la montée, puis à surveiller que tout se déroule bien, que le chahut ambiant ne prenne pas des allures inquiétantes. Le ton peut vite monter. Les mots peuvent rapidement se transformer en insultes. Les gestes excessifs se métamorphosent en actes violents et volontaires. Les chauffeurs en ont l'habitude. Les jeunes n'ont plus aucun respect et les dérives sont fréquentes.

Pour ma part, j'éprouve un certain malaise qui va crescendo. Et le regard du chauffeur, qui me chaperonnait ces dernières heures, me manque. Je me sens soudainement seul et tellement vieux par rapport à ces faces boutonneuses. Je ne me trouve pas à ma place.

Lorsque le bus s'arrête enfin, je me lève pour le déserter. Je passe devant le conducteur, je le regarde, je le salue, je lui murmure :

— Au revoir, jeune homme !

Il ne me dit pas « Adieu », mais il me sourit en me demandant pourquoi j'ai passé tant d'heures ici. Je lui réponds simplement que je n'ai pas trouvé ce que je cherche. Et j'emprunte les quelques marches qui mènent au bitume, sans lui donner plus d'explications.

Une fois le bus hors de portée de mon regard, je décide d'utiliser mes jambes pour rentrer tranquillement chez moi. Je prends mon temps, j'observe les passants, les gens que je croise. Et lorsque j'arrive dans mon allée, quand je tourne la clé dans la serrure de ma porte, le soleil a déjà amorcé sa plongée et les lampadaires dans la rue s'allument.

4

Au milieu de ma solitude, il y a le bal des voisins. Un bal qui me rend fou. Ils me dérangent et cela m'effraie. Mais je ne dis rien, je le subis. Des voisins qui ne peuvent pas s'empêcher de venir me voir, d'interrompre mon silence. Ils dansent autour de moi, virevoltent en m'imposant leur présence que je n'ai pas demandée.

Je ne ferme plus ma porte. Je ne veux plus entendre la sonnette vriller dans mes tympans ni les coups frappés marteler mon crâne. Quand ils le font, je reste tétanisé, je n'arrive pas à me mettre debout, à mettre un pied devant l'autre, avancer vers cette fichue porte tellement bruyante. Mais je finis par y aller pour faire cesser ce tourbillon sonore.

Je ne la ferme plus, car cela m'évite d'aller leur ouvrir. Je reste assis et je les laisse pénétrer dans ma tanière. Ils savent que je suis là. Je peux être sur une chaise dans la cuisine, sur mon canapé à regarder l'écran noir de la télévision, dans mon fauteuil en cuir avec un livre entre les mains que je ne lis pas. Je suis dans mes pensées et la porte d'entrée s'ouvre. Je retiens Rose prisonnière dans mon esprit, je l'empêche de s'évader même si elle est dérangée par l'intrus qui arrive. Je continue à imaginer des fins plus belles que la sienne et je les partage avec elle. Je passe des heures à penser, à lui raconter. J'en ai la tête qui tourne parfois. J'espère qu'elle mettra un doigt sur un de mes scénarios en disant : « C'est celui-ci, Philibert ! C'est ainsi que cela doit se terminer. » Mais rien ! Elle reste stoïque, plus morte que jamais, étendue dans son cercueil, continuant sa lente décomposition qui se répète inlassablement, que je sois endormi ou éveillé. Je me suis habitué à la voir ainsi et j'ai de plus en plus de mal à me souvenir d'elle vivante, lorsqu'elle était belle.

Un coup de sonnette ou un coup contre le bois de la porte et celle-ci s'ouvre en grand et un bonjour joyeux résonne dans la maison. Un bonjour coloré d'un : « Allez ! Il faut bouger maintenant ! La vie continue ! » Ils ne vont pas me laisser tomber tant que je n'irai pas mieux. Mais je vois bien qu'ils trouvent le temps long. Aussi que moi. Cela fait des mois qu'ils se relayent. Quelques-uns commencent à désespérer et certaines visites se raréfient. Je n'en suis pas mécontent, car au fond de moi, je crie : « Ignorez-moi un peu ! Laissez-moi avec ma morte ! » Mais aucun n'entend ce hurlement intérieur et je suis trop poli pour leur dire de vive voix. Alors, j'accueille ce bonjour, sans un regard, sans satisfaction. Ils en ont l'habitude, ne font plus attention.

Un bonjour auquel je réponds à peine. Le mien a du mal à franchir la barrière de mes lèvres. Le chagrin, toujours présent en moi, capitonne mes cordes vocales et étouffe l'intonation de ma voix. Mon bonjour est faible, comme un léger sifflement, comme un geste au ralenti, comme un membre courbaturé.

Madame Rousse affiche un sourire égal. Un sourire qu'elle espère peut-être que je lui rende. Mais ma bouche ne tente aucun rictus. Chaque fin de matinée, elle arrive avec un plat dans les mains et me demande si j'ai besoin de quelque chose. Elle va faire les courses, comme chaque jour. Elle marche le kilomètre qui la sépare du supermarché et arpente les rayons afin de remplir son frigo et ses placards déjà pleins. Comme je ne lui réponds pas — je n'ai besoin de rien — elle se rend dans ma cuisine, pose ce qu'elle m'a préparé sur la table et inspecte mon garde-manger. Elle établit elle-même la liste que je ne lui ai pas faite. Puis elle repart avec son sourire, me dit qu'elle repasse dans la soirée pour me déposer ce qu'elle m'aura acheté. Une fois qu'elle n'est plus là, dans le silence revenu, je jette un œil au plat sur la table. Un plat que je toucherai à peine et qui finira dans la poubelle après deux bouchées avalées. Lorsqu'elle réapparaîtra, elle verra le plat vide et sera satisfaite d'avoir réussi à me remplir un peu le ventre. Elle rangera dans mes placards ce qu'elle aura ramené du magasin, mais cela ne l'empêchera pas de revenir le lendemain avec un nouveau plat qu'elle aura préparé à mon attention. Pendant ce temps, les paquets de pâtes et de riz, les conserves, s'empilent et se figent.

Son mari, monsieur Rousse, vient une fois par semaine. Généralement le samedi. Il passe par le jardin, en ouvrant un petit portail perdu dans notre haie commune. C'est comme un passage secret que nous seuls connaissons. Il pousse sa tondeuse à gazon jusqu'au centre de ma pelouse et s'adresse à elle comme à une personne : « Tu as besoin d'une bonne coupe de cheveux, ma belle ! Cela ne te fera pas de mal de te rafraîchir un peu. » Et pendant deux heures, il brise ma tranquillité en faisant vrombir le moteur de sa machine flambant neuve. Elle l'est toujours. Au fil des ans, il la change au premier point de rouille. Il la nettoie consciencieusement après chaque utilisation. Mais, avant de commencer à s'occuper de mon jardin, il ouvre la baie vitrée donnant dans mon salon et m'avertit qu'il s'y met. Il ne la referme pas et je ne me lève pas pour le faire. Je reste assis à l'endroit où je suis au moment de son arrivée et j'écoute le chant assourdissant de la tondeuse qui fait s'envoler mes sombres spéculations le temps que cela dure. Plus de Rose. Plus de pensées morbides. Plus d'idées noires. C'est comme un instant de répit. Mon répit du samedi.

Édith Fontaine, qui vit au bout de la rue, passe me voir de temps en temps. Elle n'a plus la fraîcheur des jeunes filles ni des femmes encore agréables à regarder. Son corps affaissé se remarque grâce aux vêtements moulants qu'elle porte tout le temps, du décolleté plongeant qu'elle arbore en toutes saisons. Elle l'exhibe comme un trophée qu'elle est prête à offrir à l'heureux gagnant qui accepterait d'être son compagnon. Mais je ne l'ai jamais vue accompagnée. Elle vit seule depuis toujours. Du moins depuis qu'elle habite la même rue que moi. Mademoiselle Fontaine ne vient pas à heure fixe comme Madame et Monsieur Rousse. Cela peut être le matin ou dans l'après-midi. Souvent en soirée. Elle arrive avec une bouteille de vin qu'elle tient nonchalamment à la main en la balançant devant mon visage. Et elle me dit toujours d'un air chantant :

— Regardez ce que je nous ai amené, Philibert. Un peu d'ivresse ne nous ferait pas de mal.

Je la regarde droit dans les yeux, sans bouger, sans prononcer un mot, et mon regard veut tout dire. Elle repart alors avec une moue boudeuse et se déhanche jusqu'à la sortie, en prenant tout son temps, en espérant, peut-être, que je change d'avis. Mais il n'en est rien. Cela n'empêche pas Édith de retenter sa chance quelques jours plus tard. Je suis désormais le seul célibataire de la rue, à portée de sa vue.

André a le même âge que moi. Nous avons vieilli ensemble dans le quartier. Nos femmes se côtoyaient de temps en temps et il arrivait, certains étés, que nous fassions des barbecues dans notre jardin. Leur maison ne possède qu'une petite cour bétonnée à peine assez grande pour contenir une table et quelques chaises. Et c'est donc, naturellement, que les grillades se faisaient chez nous. Sauf que son épouse est encore à la maison, certes coincée dans un fauteuil roulant depuis quelques années, alors que la mienne est au fond de son trou dans le cimetière de la ville.

Dès que le temps le permet, Monsieur André sonne à ma porte. Jamais le matin, jamais au moment de la sieste, jamais lorsque le soleil n'est pas loin de se coucher. Il sonne et il attend. Il attend que je lui dise d'entrer. Mais n'entendant pas mon invitation à entrer, il ouvre doucement la porte et regarde si je suis dans les parages. S'il ne me voit pas, il referme tout aussi doucement la porte. Et souvent, je fais en sorte de ne pas me montrer. Mais, parfois, je n'ai pas le temps de m'esquiver. Alors, il pénètre dans mon intérieur et, ses boules de pétanque à la main, il les lève au niveau de mon regard perdu ici ou là et me demande si une partie dans le parc me tente. Je refuse à chaque fois. Je n'en ai pas envie. Il n'insiste pas et repart. Il revient quelques jours plus tard et la même scène se répète.

D'autres voisins passent de temps en temps. Quelques-uns dont je ne connais même pas les noms. D'autres que nous fréquentions régulièrement avec Rose. Ils sont inquiets pour moi et je peux les comprendre. Mais je les rassure. J'ai simplement envie d'être seul. Si certains insistent, je leur demande de respecter mon choix de solitude.

Le bal des voisins dure longtemps. Il est un peu mon attraction quotidienne. Le temps que je passe à ne rien faire est entrecoupé de visages qui apparaissent dans l'entrebâillement de ma porte, de voix qui me parlent sans attendre que je leur réponde, de bruits au sein de ma maison. Des placards qui s'ouvrent et se referment, le bruit de la vaisselle qu'on lave à ma place et qu'on range, la tondeuse qui rase l'herbe dans mon jardin, mes volets que l'on ferme pour moi certains soirs au moment où la nuit pousse le soleil de l'autre côté de la planète.

Ma maison respire grâce à ces quelques voisins qui viennent de temps en temps danser chez moi pendant que les années trépassent les unes après les autres, pendant que j'attends que quelque chose arrive et me pousse hors de ses murs.

5

Les années passent et j'ai tant cherché. Je me suis laissé vivre au rythme de cette attente, durant ces heures de recherche. Et je commence à me lasser de cet espoir qui devient désespoir. Vingt années que Rose est partie en revenant me hanter pour s'exhiber devant moi et me montrer son corps putride, abominable. Afin que je me rappelle sans cesse ce qui va m'arriver un jour.

Chaque jour est un jour de plus, un jour de trop. Car je me rapproche de la fin. Mon corps flétri se courbe, vieillit. Mes cheveux se font de plus en plus rares, se clairsèment. Ses fils blancs épars se plaquent contre mon crâne et mon front devient plus large, s'étend au-delà de ce qu'il a connu auparavant. Il agrandit son territoire. Mes rides se creusent, se déploient de plus en plus loin. J'assiste, sans rien faire, au destin de mon corps. Un destin dont il ne pourra pas échapper.

Mes voisins viennent toujours me rendre visite, mais beaucoup moins souvent qu'avant. Ils me regardent vieillir. Parfois, pendant des jours, je ne vois personne et je ne m'en formalise pas. Je m'en rends à peine compte. Ma solitude me pèse de plus en plus, mais je fais avec.

Aujourd'hui est un jour vide. Vide d'envies, vide de sens. Je n'ai pas envie d'aller chercher un visage qui donnerait un sens à ma fin. J'ai tant espéré ces dernières années. Mais je n'ai rien trouvé. Je n'ai vu que résignation, qu'indifférence. Les vieux savent qu'ils vont partir, que leur vie s'achèvera bientôt, que c'est inévitable. Ils s'attendent à ce que leur mort soit la même que tout un chacun. Celle que je refuse, que je n'accepte pas. Et plus je pense à tout cela, plus je me sens vide.

Je n'ai pas envie de sortir. Et la météo de cette journée ne s'y prête guère. Une météo à ne rien faire. Un passe-temps comme un autre. Regarder le temps passer, ne pas occuper son temps autrement.

Je dissipe mes heures ainsi, figé, à un endroit ou un autre de la maison.

Tantôt sur mon canapé, le dos droit, les mains posées sur mes genoux calleux, l'œil fixe. Je ne vois pas grand-chose, car je ne regarde rien de précis.

Tantôt assis à ma table dans la cuisine, le regard tout aussi vide, les pensées suspendues, comme envolées, coincées dans un ailleurs. Je tiens une tasse de café entre mes doigts, comme pour les réchauffer, alors qu'ils n'en ont pas besoin. Un café qui a le temps de refroidir, le temps de ne pas être bu. Je finis par le jeter dans l'évier, puis je remplis de nouveau ma tasse du breuvage qui est resté au chaud dans la cafetière. Parfois je pense à le boire quand il est encore fumant. Mais, parfois, il subit le même sort que le précédent. Sa chaleur s'éteint avant de glisser froidement dans les canalisations.

Tantôt allongé sur mon lit, sur le dos, le corps raide, mes mains croisées sur ma poitrine. Je ressemble certainement à un corps qui vient d'atteindre sa dernière demeure. Celle du trépas, celle de l'au-delà. Pendant un instant, je reste ainsi, couché, dans une totale immobilité. Puis je me positionne autrement. En chien de fusil. Afin de ne pas paraître mort. Puis je m'assoupis dans le silence. Et je rêve.

Je suis face à la mer. Une mer déchaînée. Elle est néanmoins inondée par le soleil. Cette mer est furieuse, mais tellement belle, tellement éclatante et sauvage. Les énormes vagues forment des rouleaux et, lorsqu'ils se brisent, ils se transforment. Ces vagues meurent pour renaître en une neige écumeuse dans laquelle on a envie de se jeter comme dans un bain moussant. C'est comme une danse qui se répète à jamais. Je reste longtemps à me gorger de ce magnifique spectacle. Et soudain, une silhouette prend forme dans la mousse. Elle se débat un instant pour réussir à s'élever vers le ciel, se détacher. Elle est immense, surréaliste. Je sais qui elle est. Je la reconnais. Elle est venue me chercher, m'emporter. Elle me tend les bras, me souffle de venir me blottir en elle, de me laisser aller contre elle. Et ses bras me semblent si accueillants que je suis tenté de m'y jeter.

C'est la Mort. Elle m'appelle à elle. Mon heure a sonné. Elle essaye de m'envoûter. Mais je ne me laisse pas faire malgré la tentation qui m'étreint. Je lui tourne alors le dos, je quitte la mer du regard. Je foule le sable, je gravis les dunes. J'abandonne la plage. Je ne veux pas de la mort, celle qu'elle m'offre. Je désire partir dans les limbes autrement.

Mon rêve se termine alors. J'ouvre les yeux et je vois la lumière du jour encore présente. J'ai dû les fermer que quelques instants, m'éteindre quelques minutes seulement.

Pendant cette journée vide, je passe la plus grande partie de mon temps à regarder par la fenêtre. Je scrute la rue, les quelques arbres plantés là, le ciel menaçant, l'absence des oiseaux. Je me tiens derrière les rideaux. Des rideaux qui ne me cachent pas la vue, mais des rideaux qui empêchent que je sois vu. Je vois le quartier assoupi, des tourbillons de poussière à cause du vent qui souffle. C'est un vent sec venu d'ailleurs, au-delà des rues, au-delà du parc, au-delà de la colline que je vois de la baie vitrée du salon, au-delà de la mer un peu plus loin. Il claque les feuilles des arbres et certaines ne résistent pas. Elles tournoient dans les airs, entament une danse nouvelle, connue d'elles seules, pour finalement s'échouer ici ou là, sur les trottoirs, dans les allées, dans les jardins, dans les caniveaux. En les regardant s'entasser, je me revois enfant. Je foulais fouler ces amas de feuilles mortes. J'adorais cela.

Je reste hypnotisé par le spectacle qui se déroule derrière ma fenêtre. C'est un jour vide pour moi, mais pour la ville aussi. Chacun reste chez soi. Personne ne veut subir le vent poudreux, chargé de gris, à l'allure blafarde.

La tempête s'est levée en même temps que le jour, un jour au soleil voilé d'un drap épais qui le cache complètement. La nuit a été calme, mais la journée promet d'être mouvementée dès le lever du jour. Et elle a tenu sa promesse. Elle l'est pour tout ce qui se trouve à l'extérieur, pour celles et ceux qui risquent de mettre un pied dehors. D'ailleurs, j'ai beau regarder, je ne vois aucune âme qui vive. Il n'y a pas non plus de chiens errants ni de chats jouant les acrobates sur les toits ou les hauts murs. C'est un horizon qui ressemble à une fin du Monde.

Je ne suis pas inquiet. Je suis même fasciné. Le vide a parfois quelque chose de beau. Il permet à tous les éléments d'évoluer librement. Et durant cette journée, le vent qui s'affole ne se gêne pas. Il s'engouffre partout et fait voler ce qui se trouve sur son passage, ce qui est assez léger pour être emporté, transporté par son souffle. C'est ainsi que je ne vois pas le temps passer. Je vois le ciel gris clair devenir gris foncé. Je suis hypnotisé par ce que Dame Nature nous offre. Et lorsque je réalise ce changement, la nuit ne va pas tarder à arriver.

Je quitterai la fenêtre au moment où elle sera là. Je ne regarderai plus l'extérieur, le dehors vide de vie, le ciel accablé par le mauvais temps. J'oublierai certainement de fermer les volets. J'irais fouiller dans le réfrigérateur pour une recherche imprécise d'un quelque chose à grignoter. Mais rien n'est sûr. L'appétit n'est pas très présent depuis longtemps. Et si je trouve l'envie d'engloutir quelques aliments, ce sera sur le pouce, sans assiette, sans m'installer confortablement. Un morceau de fromage, un des fruits qui commencent à se gâter, un des yaourts dont la date est périmée depuis peu, mais que je garde quand même. Je n'aime pas jeter. Peut-être le reste d'un plat que me dépose toujours ma voisine de temps en temps. Mais peut-être que la porte du réfrigérateur restera fermée, que je ne me nourrirai pas, de me nourrir, comme souvent depuis la mort de Rose. Ne plus dîner à deux, demeuré seul à ma table sans personne en face de moi pour partager mon repas, ne me procure aucun plaisir, ne m'apporte que le sentiment accentué d'être seul.

Puis je m'installerai dans mon canapé, devant l'écran de ma télévision. Je regarderais sans regarder. Juste histoire de faire passer le temps avant d'aller me coucher. Souvent, il reste noir, mais cela ne change pas grand-chose. Mes pensées se bousculent trop pour que je sois attentif. Je n'y trouve pas le même intérêt que lorsque je reste à observer les gens qui m'entourent. Dans la rue. Dans le parc. Dans le bus. Donc, l'écran peut rester noir. Si je ne l'allume pas, je me vois seul, assis dans la pièce face au silence, face à l'absence de lumière, face au vide qui m'entoure depuis maintenant tant d'années. Je me considère comme une vieille pendule, laissée dans un coin, dont les aiguilles continuent à avancer, fait défiler le temps. Une pendule rustique que plus personne ne remarque, car elle est sans intérêt. Je suis pareil. Mon cœur bat et suit un rythme régulier qui fait s'écouler ma vie. Mon existence qui se sauve telle une étoile filante malgré son immobilité.

Pour le moment, je ne quitte pas ma fenêtre. La pénombre s'installe, mais il ne fait pas encore nuit. Le noir n'a pas envahi la pièce, il n'a pas englouti les environs. J'arrive à distinguer les ombres, d'autant plus que les réverbères se sont allumés. Des halos jaunes ornent la rue, la rendent fantomatique. Ils ressemblent à des petites boules de feu à la surface incertaine, aux contours imprécis. Dans l'opacité de cette fin de journée, les feuilles, toujours affolées par le vent, m'apparaissent seulement lorsqu'elles traversent ces auréoles lumineuses à la tonalité éclatante. Elles disparaissent ensuite, comme si elles n'avaient pas existé, alors que l'air en est chargé. Les arbres se dénudent avant l'heure, à cause de la force du vent qui vient les frapper.

Puis la pluie se met à tomber. D'abord des cordes éparses frappant le sol. Qui se transforme rapidement en trombes d'eau de plus en plus drues. Elles surviennent de toutes parts, sans prévenir, sans harmonie. Elles battent d'un côté, puis de l'autre, tournent sur elle-même, pour partir ensuite quasiment à l'horizontale, fouettées violemment par les bourrasques qui ne les ménagent pas. Elles viennent s'écraser sur la vitre, juste devant mon nez. On dirait qu'elles cherchent à m'atteindre, à me battre. Le bruit qu'elles produisent est fracassant. Mais il ne cache pas le vacarme qui se joue également dehors. J'entends une poubelle voler, venir frapper un des poteaux en bois qui longent le trottoir, pour se mettre ensuite à rouler au milieu de la rue. J'entends des branches frapper le toit. J'entends des volets battre l'air, des volets que les propriétaires de la maison d'à côté n'ont pas attachés. J'entends un chien, certainement laissé seul dans une autre maison, se mettre à japper violemment. Il hurle à la mort, effrayé par la tempête qui fait rage. J'entends les sirènes d'un camion de pompiers au loin, très loin. Le monde est vide de monde. Mais tous ces bruits, presque apocalyptiques, emplissent le silence laissé par les gens calfeutrés chez eux. Je colle mes mains contre les carreaux comme pour m'imprégner de cette atmosphère échevelée en espérant qu'elle va me réveiller, me sortir de ma léthargie.

    C'est à ce moment-là que, seul derrière ma fenêtre, je la vois.

Je la vois et je sais.

Je sais que c'est ce visage que je cherche.

Je sais que c'est elle.

FLORA

1

Je ne peux plus bouger. Je n'ai pas envie de quitter la fenêtre qui est comme un aimant me retenant. Même m'éloigner d'un pas ou deux me fait peur. Peur de la perdre de vue. Je reste donc là, à la regarder, à l'admirer, sans manquer une miette de chacun de ses gestes, de chacune de ses expressions. L'ensemble est un véritable bonheur à contempler. Je la dévore des yeux. C'est un vrai feu d'artifice. Elle pétille comme les bulles dans un verre de champagne ou comme une des friandises de mon enfance qui me piquait la langue en m'arrachant une grimace de bonheur. Elle agitait mes papilles, provoquait un festival crépitant à l'intérieur de ma bouche et émoustillait tout mon petit corps de l'époque à m'en donner la chair de poule. C'est exactement ce que je ressens en la regardant.

Je colle mon front contre la vitre pour m'approcher davantage d'elle. Mon visage frôle sa surface. Il est à fleur de la matière dure et froide du carreau. Mon souffle s'accélère et crée des petits nuages de buée, rend le verre d'un flou un peu opaque et ma vision encore plus surréaliste. Ces petits nimbus issus de ma respiration réchauffent l'espace entre ma bouche et la paroi qui me sépare d'elle. J'aurais aimé traverser cette substance diamantaire afin de crier, de braver le tumulte extérieur, d'aller rejoindre cette émergence dans mon champ visuel, de la stopper dans sa vivacité et qu'elle me voit comme je la vois. Mais je suis paralysé et je la bois des yeux, mon regard fixé sur elle, ne pouvant pas la quitter. Je ressens des bouffées de délectation.

Elle est apparue au coin de la rue, sortant d'une camionnette blanche, garée derrière un arbre. Mais c'est comme si elle avait émergé du tronc de cet immense chêne. Elle est comme une fleur née soudainement sur une branche, comme une jolie éclosion à laquelle on ne s'attend pas. Elle est seule à l'extérieur à braver le vent, à traverser l'atmosphère poussiéreuse, à défier la tempête qui fait rage. Elle a l'air d'une conquérante en pleine guerre, d'une Jeanne d'Arc allant au-devant de l'ennemi. Je suis impressionné par son courage malgré les intempéries, par son allure lente, mais énergique. La pluie torrentielle ne la gêne pas le moins de monde.

Je l'imagine dans une armure invincible, enfermée dans une cotte de mailles étincelante. Mais elle est simplement vêtue d'une robe légère, ornée de petites fleurs serrées les unes contre les autres. Je n'en devine pas la couleur dans l'obscurité naissante. C'est une robe faite pour aller à la plage, pour se prélasser sous un arbre à la campagne, pour aller farandoler sur la piste lors d'un bal estival. Et sa longue chevelure accompagne les pans de ce léger tissu. Elle danse au gré des tourbillons venteux. Mon apparition a des cheveux longs et fins. Des cheveux dorés qui étincellent à la manière de milliers d'étoiles dans le ciel d'une nuit d'été.

Son allure me rappelle ma Rose dans sa jeunesse. Elle avait à l'époque les cheveux aussi longs et, lorsque nous nous mettions à valser, sa crinière suivait le même mouvement, volait autour de son visage. Mais ses longs fils dorés s'étaient évaporés avec les années et sont maintenant partis rejoindre la terre. Ils ont dû disparaître depuis longtemps.

Pendant des années, je ne voyais qu'elle, je ne regardais pas les autres femmes, celles que je croisais dans la rue, celles que l'on pouvait rencontrer lors de sorties, aux soirées passées ailleurs que chez nous. Rose avait, depuis des années, les cheveux coupés haut dans la nuque. Parfois, je m'apercevais qu'elle avait la même coupe que beaucoup de femmes de son âge. Et ce soir-là, posté derrière ma fenêtre, je lui suis infidèle, car je vois toute autre chose. Une vision qui me ramène à des années-lumière, une apparition à la chevelure assez longue pour raviver mes souvenirs et leur faire défaut. Elle prend son essor à la faveur du vent, mais aussi grâce à l'allure sautillante de celle qui ose sortir par un temps pareil.

Et quelle allure ! Un magnifique sourire est affiché sur ses lèvres. Je les vois se mouvoir. J'imagine une chanson gaie en sortir, un air enthousiaste, des notes de musique virevolter dans son sillage. Ce doit être un festival joyeux qui s'évade de sa bouche. Je n'entends rien derrière ma fenêtre, mais les expressions que je vois ne peuvent qu'être le fruit d'une belle humeur issue de cette personne habitée par la joie de vivre et par l'absence de peurs.

C'est à ce moment-là que je sais que c'est elle que je cherche. Elle n'a pas l'âge des gens que je scrute pour me délivrer, mais c'est peut-être un message qui me fera espérer. Je ne sais pas par quelle magie, mais une onde me traverse et me dit que je vais découvrir le Graal.

Elle si jeune pourtant. Mais je sens que la rencontrer est nécessaire.

Elle semble n'avoir peur de rien. Et je lis sur son visage qu'elle ne voit pas la vie comme moi. Elle la voit belle. Elle la voit éternelle. Tous ses mouvements me disent qu'elle va m'offrir ce que j'attends depuis tellement longtemps. Je n'y déchiffre que le plaisir de vivre, la détermination à aller où elle le souhaite, une énergie dont il faut s'emparer. Je suis certain qu'elle m'entraînera dans son sillage. En la regardant, il me semble que je ne suis plus autorisé à ressentir la frayeur du lendemain. Je ne sais pas pourquoi, mais cela m'est destiné. Tout en elle respire ce qu'elle va m'apporter.

Elle est pleine de fraîcheur à l'image de sa jeunesse. Sa chevelure folle. Sa jolie robe fleurie. Sa démarche intrépide. Ses pieds qui font des entrechats à chacun de ses pas. Ses mains qui virevoltent avec élégance. Sa peau lisse, qu'aucune ride ne creuse. Son sourire tellement charmant. C'est une éclipse à la morosité.

Peu à peu, mon corps reprend contact avec la réalité et je me redresse lentement pour me caler sur l'image que j'ai devant les yeux.

Je souris en même temps qu'elle et mon visage se transforme au gré du sien. Je le sens se métamorphoser au fur et à mesure que je la regarde. Je me prends même à m'agiter, à sentir mon corps se trémousser sur une chanson que je n'entends pas. C'est un air que cette jeune femme extraordinaire a sûrement dans la tête et que j'imagine aimer, embrasser. J'ébouriffe mes cheveux blancs pour me sentir aussi dans le vent qu'elle. Je me sens un peu fou et c'est tellement bon. Mes mains se baladent autour de mon corps en battant un rythme imaginaire, un rythme gai et entraînant. Grâce à elle, mes pensées funèbres se sont envolées. Je ferme les yeux et j'accueille en moi l'offrande qu'elle me fait à cet instant même.

Mes paupières se ferment et m'emmènent vers une scène à deux. Malgré mon vieil âge. Malgré son jeune âge.

Je suis avec ma belle éclipse et nous nous tenons par la main. Nous venons de nous rencontrer et aucun mot n'a encore été échangé. Nous sentons qu'ils sont inutiles pour le moment.

Nos doigts s'emmêlent de façon naturelle. Ils sont à l'aise dans leur enchevêtrement malgré leur différence d'âge.

Mes rides et mes taches brunes se marient à merveille avec sa jouvence. Cela forme un joli mariage, un beau tableau abstrait. Nous dansons sous la pluie battante, nous naviguons par-delà les flaques d'eau. Nos chaussures sont trempées, mais nous n'en avons que faire. Nous sommes comme deux enfants sautant à pieds joints dans ces lacs miniatures, jouant à saute-mouton au moindre obstacle. La tempête ramène des éclats de branches qui ont été arrachés aux arbres et nous les évitons afin de ne pas nous blesser. Nous nous réjouissons de bondir par-dessus, nous rions lorsque nous échouons. Nous sommes comme dans une cour de récréation. Une cour que nous nous sommes appropriée, où plus rien d'autre n'existe.

 Je tourne souvent la tête vers elle pour la regarder. Je ne peux pas m'en empêcher. Je lui souris et elle me le rend au centuple. Elle me donne en cadeau ce sourire qui rayonne jusque dans ses yeux, jusqu'à envahir chacun de ses traits. Elle mérite tellement mon attention, mes regards, ma bouche qui reste muette. Mes pensées lui disent tant de choses et je sens qu'elle les entend, qu'elle les comprend.

 Mes paupières se lèvent et libèrent mon regard. Je réalise que je suis toujours derrière ma fenêtre et qu'elle est toujours dans la rue à tourner autour de la camionnette, à disparaître derrière le tronc d'arbre pour reparaître quelques instants après. Je la vois y rentrer et en sortir, des paquets dans les bras qu'elle dépose ici et là, sur le bitume trempé. Je m'y serais cru pourtant. Cette projection que j'ai imaginée de toute pièce avait l'air si vraie. Je l'ai rêvée et je me prends à les espérer. Mon désir de la rencontrer, mon envie folle de confirmer ce que je vois depuis ma lucarne, ne fait que s'accroître.

Je ne vois plus son visage. Son cheminement a progressé et c'est désormais son dos que je discerne. Son dos et sa jolie robe parfumée de fleurs. Mes narines frétillent comme si je pouvais les sentir, comme si ces fleurs pouvaient dégager des senteurs au parfum agréable. Je respire à fond, je gonfle mes poumons et j'imagine cet effluve, fleurant l'espoir que j'attends. Ce n'est que fiction pour le moment, mais cette extrapolation me fait du bien.

Je vois mon apparition s'approcher d'une des maisons un peu plus loin. Elle ouvre la porte et les cartons qu'elle a déposés sur le trottoir s'engouffrent à l'intérieur. Et de mon côté, je suis enfermé dans ce fantasme d'être tout près d'elle. Un fantasme qui me paralyse alors que j'aurais pu aller lui proposer mon aide. Mais je sais qu'elle ne partira pas, qu'elle ne s'évanouira pas. Elle n'est pas loin. Quelques pas seulement me séparent d'elle.

Cependant, je me mets à frapper contre le carreau de toutes mes forces, je crie jusqu'à sentir chaque mot s'échapper, râper ma gorge, courir sur ma langue. Je lui dis qu'elle est une magnifique apparition et qu'elle ne doit pas bouger, qu'elle doit m'attendre, que je vais arriver. Mes coups et mes clameurs battent en rythme, s'accouplent pour intensifier mes appels, mes prières. C'est une mesure décousue, tout en cacophonie. Il ne manque plus à mes jambes qu'à se mettre en mouvement, à mes pieds de se mettre à courir pour la rattraper.

J'ouvre ma porte d'entrée sans même penser à la refermer derrière moi. Le vent va certainement s'engouffrer et permettre aux feuilles orphelines d'envahir le sol pour former un tapis d'automne bien au chaud à l'abri dans ma maison. La pluie battante formera une mare sur le carrelage et inondera mon entrée. Mais je n'y pense pas.

J'ai franchi le perron en pantoufles, sans réfléchir, sans prendre cas de mon allure folle. Je ne peux pas courir, mais je marche aussi vite que le temps me le permet. Je continue à l'appeler, à déchirer mes cordes vocales, mais elle ne m'entend pas. Le vent qui souffle bruyamment et l'eau qui s'abat du ciel sur le bitume sont autant de bruits infernaux qui occultent le son de ma voix. Elle est toujours devant la maison et j'avance vers elle. Mais les mètres qui nous séparent ne diminuent pas. Je parais me battre contre des forces venues de toutes parts. J'ai peur de la voir prendre le large, quitter mon horizon. Mais je m'aperçois que, brusquement, celui-ci est vide, dépouillé d'elle, subissant l'absence de sa sublime présence. Je suis comme un fou à sa poursuite, un assoiffé dans le désert à la recherche d'une oasis. Et, malgré une cadence qui aurait pu m'accorder le droit de ne pas la voir disparaître, d'espérer la rejoindre, je me retrouve seul. Elle est apparue comme par enchantement et je ne l'ai pas vue se dissiper, se disloquer peu à peu. Elle a dû s'engouffrer dans la maison, s'enfermer pour la nuit.

Une mélodie enfantine trotte dans ma tête. Il court, il court le furet, le furet du bois joli. Le furet court, je le vois passer par là, puis par ici. Mais le furet a disparu et je ne le vois plus. Je n'entr'aperçois que quelques arbustes à l'orée de son jardin qui se matérialisent à mes pieds.

Je suis trempé jusqu'aux os et une de mes pantoufles s'est perdue sur le chemin de ma poursuite. Une chasse qui a pris fin lorsqu'elle s'est glissée à l'intérieur de la maison sans que je la voie, quand la porte s'est rabattue sur sa silhouette fleurie, lorsqu'elle m'a laissé avec mon visage couvert de larmes de pluie.

Je souris et mon cœur est apaisé. Je suis rassuré, car je sais où la trouver. Elle n'est pas très loin. Juste quelques mètres nous séparent. Elle ne m'a pas vu, n'a pas senti ma présence. Mais je reviendrai plus tard pour me montrer, pour la rencontrer.

Je tourne le dos au pavillon qui l'a engloutie et je reviens sur mes pas. Je retourne chez moi, le cœur en paix, l'âme légère. Car je rêve déjà au lendemain.

2

Mon lendemain se dessine différemment après une nuit où mes rêves n'étaient pas des cauchemars. C'étaient de jolis songes et de bien belles images. Ils m'ont agréablement hanté. Cela fait si longtemps que je ne me sens pas aussi bien au réveil. J'ai tissé des histoires dans ma tête, des manières de revoir ma jolie apparition de la veille au soir. J'ai rêvé son sourire que j'avais entraperçu, sa voix que je ne connaissais pas, son odeur que je n'avais pas pu humer, son visage que j'avais vu de loin, ses gestes pleins de grâce s'enroulant autour du souffle du vent. Je me sens comme un enfant ayant hâte de retrouver sa nouvelle voisine de classe, comme un adolescent pressé de connaître à nouveau le goût d'un baiser.

Je me réveille avec le soleil qui a chassé la pluie, avec une brise légère qui a remplacé la tempête. J'avais oublié de fermer les volets en me couchant et j'ai la chance de pouvoir admirer le retour du calme après la tempête. Je regarde à travers la fenêtre en imaginant un instant les feuilles de nouveau rivées sur les branches des arbres et cela me fait sourire. Je n'ai pas l'esprit triste et je m'en réjouis.

En sortant de ma chambre et en arrivant en bas de l'escalier, je constate que j'ai oublié de fermer la porte d'entrée, toujours grande ouverte, toujours béante. L'agitation de la veille au soir a laissé des traces de son passage, a décoré le corridor à sa façon. Mais cela m'est égal. Une robe ornée de petites fleurs, une longue chevelure tournoyante, une allure pleine d'énergie, m'empêche de me désespérer du désordre. J'espère simplement que cette vision n'était pas que chimère.

Je retrouve l'allégresse de mes jeunes années et quelques minutes seulement après mon réveil, je suis prêt à aller au-devant de mon destin. C'est un sentiment qui ne me quitte pas tellement je suis certain de l'avoir trouvé. Ce que j'attendais depuis tant d'années est enfin arrivé.

C'est une sensation vivifiante qui me parcoure, qui prend possession de moi, qui se lit dans mon regard. Je m'en aperçois lorsque je me retrouve devant mon miroir. Pendant quelques minutes, je reste immobile, à me mirer, à observer ce changement inéluctable. Et ce que j'y vois me plaît. Mon reflet et moi, nous nous retrouvons les yeux dans les yeux. Mon double me sourit et je ne peux que lui rendre cette heureuse expression.

Il est encore tôt et je suis dans la rue à marcher sur le trottoir, à slalomer entre les quelques arbres bien abîmés par le déchaînement du vent passé. Quelques morceaux de branches craquent sous mon poids, se retrouvent broyés sous mes pieds. Ils finissent par former un revêtement de petites écorces que je survole avec gaillardise. Je fais quelques pas, je parcours quelques mètres, puis j'exécute un demi-tour pour revenir sur la petite distance que je viens d'arpenter. Les maisons avoisinantes que je dépasse sont encore endormies, leurs fenêtres sont toujours voilées de rideaux épais ou de volets au bois peint de différentes couleurs. J'ai toujours aimé notre quartier pour sa variété de teintes, pour sa diversité qui égaye le quotidien même quand il est morose. J'aimerais aller frapper contre leurs parois, réveiller leurs habitants, leur faire partager mon bonheur que je pense avoir retrouvé. Mais, je me dis que, pour l'heure, je vais garder cette béatitude pour moi seul, continuer à en profiter jalousement, jouir égoïstement de ce moment d'euphorie qui m'envahit depuis la veille au soir.

J'arrive devant la porte qui a englouti ma belle apparition. Elle me paraît imposante, impressionnante. Je traverse derechef la rue et je m'assois sur un banc gris et froid, coincé entre deux chênes. L'assise faite de béton est un siège vraiment inconfortable. Mais je n'en ai que faire. Je décide de rester là, de ne faire aucun mouvement, de fixer l'entrée de cette maison, de rester vigilant, d'attendre.

Il est tôt et j'assiste à l'ouverture du monde dans les proches parages. Les rideaux qui s'ouvrent, les persiennes qui se lèvent, les volets qui se rabattent contre les murs des habitations, les oiseaux qui commencent à s'égosiller, les premières voitures à écraser le bitume, la queue devant la boulangerie au bout de la rue qui s'allonge. Le quartier s'éveille, ressuscite. Les habitants s'activent et ne font pas attention à ma présence. Ils sont bien trop occupés à se mettre en place pour affronter cette nouvelle journée. Ils l'accueillent de mille et une façons. Certains ont encore le visage fermé. D'autres ont le sourire aux lèvres. Quelques-uns me saluent, d'un bonjour, ou d'un simple signe de tête. Il y en a qui n'en ont pas le temps, l'oreille déjà collée à leur téléphone potable. Il y en a qui montent dans leurs voitures et allument de suite l'autoradio. La musique arrive jusqu'à moi, pénètre dans mes oreilles, câline mes tympans. J'apprécie cette agitation matinale tout en gardant un œil sur la maison où rien ne se passe. La camionnette est pourtant là, garée au même endroit. Mais les ouvertures de cette maison, qui j'espère nouvellement habitée par la jeune femme fleurie, sont toutes closes, la lumière ne peut y pénétrer. Peut-être dort-elle encore ?

    Les heures défilent. Je ne bouge pas. Je suis bien là, à ne rien faire, à rêvasser.

    Je regarde tout ce qui bouge autour de moi sans bouger moi-même. Les battements de mon cœur s'accélèrent lorsque j'imagine la porte s'ouvrir et un pincement de déception m'étreint quand ce n'est pas le cas. La crainte de l'avoir imaginée s'intensifie au fil du temps qui s'écoule. Je finis par ne plus remarquer l'activité autour de moi. Mon attention reste sur cette porte d'entrée et les fenêtres qui restent étanches à mon regard. J'aimerais voir au-delà, mais je n'ai pas ce pouvoir. J'espère apercevoir l'une d'entre elles s'ouvrir et découvrir ma belle éclipse se matérialiser, me faire un signe, se diriger vers moi. Un signe qui serait comme une invitation à la rejoindre. Mais mon espoir s'effiloche, devient de plus en plus petit, de moins en moins réel.

Quelques badauds, qui passent devant moi, commencent à me dévisager. Ils regardent ce vieil homme qui est assis là depuis des heures et qui ne bouge pas. Ils ne s'arrêtent pas, mais se retournent plusieurs sur moi. Certains de mes voisins ne me font aucune remarque, car ils sont trop heureux de me voir mettre le nez dehors, être hors de mes murs, de ma prison.

Les volets de la maison se sont enfin déployés en début d'après-midi. Je n'avais toujours pas bougé. Je la vois passer et repasser devant les fenêtres, s'animer, se baisser, se relever. J'assiste à son emménagement. Elle vide des cartons, remplit des étagères, des armoires. Elle déballe des objets et des tableaux qu'elle pose ici et là, qu'elle accroche déjà aux murs pour certains. Elle le fait avec le même dynamisme que lorsqu'elle virevoltait dans le vent et sous la pluie. Je sais maintenant que c'est ma nouvelle voisine, que nous serons amenés à nous croiser, à nous voir et peut-être à nous fréquenter. J'en suis ravi.

Je la trouve si belle à la regarder évoluer que je reste là, comme subjugué devant un film magnifique.

Les voitures, circulant encore, ont maintenant allumé leurs phares et les réverbères illuminent l'asphalte. Les magasins doivent être fermés. La rue se vide de ses passants, des quelques âmes errantes. Je me dis alors qu'il est temps de rentrer chez moi, de retrouver la solitude de ma maison. Et d'espérer encore pour demain, de rêver, de peut-être oser. Je reste cependant jusqu'à ce que la nuit s'installe complètement, jusqu'à ce que les ténèbres soient totales. Et quand le noir m'enveloppe de son manteau, lorsque le silence nocturne règne, je me lève en abandonnant mon banc de pierre.

Je m'éloigne avec lenteur, le cœur léger, le corps cependant douloureux de mon immobilité qui a duré des heures. Je traîne les pieds et mon dos est voûté, fatigué. Et lorsque j'ouvre ma porte, je ne pense qu'à me coucher, à ne plus penser. Je me sens vide de sa présence, mais je sais qu'elle n'est pas loin. Je ne perds pas l'espoir et je sais que demain j'y retournerai. J'irai là-bas et j'attendrai encore. Je patienterai jusqu'à ce qu'elle ouvre sa porte ou que j'ose appuyer sur la sonnette.

3

Notre rue m'accueille à nouveau. Je lui offre ma présence alors qu'elle est déjà réveillée, déjà animée. Les mêmes personnes qu'hier me regardent, me saluent, me sourient, se demandent peut-être ce que je fais encore là. Puis je m'assois au même endroit que la veille, sur le même banc face à la maison de ma convoitise. Je ne m'étais même pas aperçu qu'elle était inhabitée avant son arrivée. Je me suis tellement isolé toutes ces années, je ne me suis pas intéressé à ce qui se passait dans le quartier.

Puis je patiente. Ma latence se fait sous un ciel sans soleil. Une brume, absente la veille, à l'allure fantomatique, le dissimule légèrement. Ce voile laiteux s'étend à l'infini.

Mais aujourd'hui, je n'attends pas longtemps. Car soudain, elle est là.

La porte de la maison s'ouvre, juste un entrebâillement, juste quelques centimètres qui la laissent s'évader des murs qui la retenaient captive. Elle glisse sur le trottoir, s'offre à mon regard, me livre sa présence à laquelle j'aspire tant. Elle ne fait pas attention à moi.

Elle porte une autre robe tout aussi fleurie, tout aussi jolie. Elle la porte avec fraîcheur, avec légèreté, avec bonne humeur. Elle remplace le soleil absent, le sourire des badauds qui n'affichent aucune gaieté. Le gris assombrit souvent les humeurs. Mais dès que le soleil fait son apparition, les sensibilités s'éveillent et deviennent plus joviales. La regarder est un agréable passe-temps. Car, malgré le temps encore abîmé, elle sourit et marche avec entrain.

Elle marche sur le même rythme que l'autre soir. On dirait qu'elle fait des petits bonds joyeux à chaque pas, qu'elle danse sur un air qu'elle est seule à entendre. Ses pieds sont libres dans des sandales souples à lanières, libres de se balancer sur cette musique imaginaire. Sa démarche illumine le trottoir, embrase mon horizon.

Je me tiens là, amarré à elle, ne pouvant pas me détacher d'elle. Elle offre une risette à chaque personne qu'elle croise et je vois, de loin, ses lèvres bouger. Je n'entends pas ce qu'elle leur dit, mais je suppose des mots aimables, une phrase gentille, une douce attention. Et les gens lui répondent avec la même attitude, la même mélodie. Je l'observe un instant, un court moment. Puis je me lève, je quitte ce banc dur et froid, pour la suivre, dérouler mon ombre dans son ombre, courir après sa silhouette.

Je n'ose pas l'aborder. Pas encore. Je ne sais pas comment m'y prendre. Je marche à quelques mètres derrière elle, épouse ses gestes, pose mes pas sur les siens. Je me demande si elle sent ma présence, ma ponctualité pour ne pas la perdre. Je suis comme un élève assidu qui suit son maître.

C'est ma première journée avec elle, nos premiers instants ensembles. Je suis ému. J'ai envie d'appuyer une main délicate sur son épaule, de souffler un doux murmure dans son oreille, d'enlacer sa taille avec raffinement, de l'aider à porter le sac qui pend à son bras et qui se balance au même rythme que ses pas dansants. Un joli sac en crochet qui lui va bien. C'est le genre de femme qui ne mérite que prévenance, sensibilité et galanterie. Dès le moment où j'ai posé mes yeux sur elle, je n'avais que cette seule envie.

C'est ma première journée avec elle et je ne fais que la poursuivre, sans me montrer, sans lui parler. Je vais partout où elle va, j'effleure ce qu'elle a touché. Et partout où elle passe, elle se montre comme je l'ai vu la veille. La plupart des gens ne doivent remarquer qu'une jeune personne aimable, habitée par la joie de vivre. Mais ils sont attentifs à sa gentillesse et la lui rende. Personne ne connaît son prénom. Je l'entends leur dire, se présenter. Flora. Elle s'appelle Flora. Cela lui va si bien. C'est joli Flora. C'est un prénom qui sonne dans mon oreille comme fleurette. Et comme j'aimerais aller lui conter fleurette, tout va pour le mieux. Je la vois comme une fée venue me délivrer et me livrer son secret. Et le secret qu'elle porte la rend légère et prête à affronter son dernier soupir pourtant lointain.

C'est ma première journée avec elle et je n'ai jamais vu autant de monde en quelques heures. Nous entrons dans chaque boutique, dans chaque magasin. Elle a toujours quelques mots à prodiguer, une histoire à raconter, un baiser à donner. Chaque personne croisée la rencontre pour la première fois et l'apprécie déjà. Elle est si belle. Dans sa façon d'être, dans sa manière de bouger. Elle se sent chez elle partout où elle va.

C'est ma première journée avec elle et je pourrais aller lui parler, lui demander de l'accompagner. Je pourrais lui dire mon désir de lui prendre la main, de mêler mes doigts aux siens, de lui tenir tendrement le bras, de converser avec elle tout en marchant à ses côtés. Mais, aujourd'hui, je n'ai qu'une envie. Entendre le bruit de ses pas, l'air qu'elle chantonne sans cesse, le son de sa voix lorsqu'elle souffle quelques mots ici et là. Sans me faire remarquer, sans qu'elle me voie. Car en attendant de me présenter, je la suis sans la quitter des yeux et je rêve.

Je rêve de toutes ces choses que j'avais rêvé faire avec Rose au moment de ma retraite. Des choses que nous n'avons pas eu le temps d'accomplir.

Un déjeuner sur l'herbe, agréablement installé sur une jolie nappe à carreaux rouge et blanc. Un panier contenant de quoi se régaler, sans oublier nos verres remplis d'un bon vin blanc.

Visiter des musées, en errant dans l'ambiance feutrée de ce genre d'endroit. Boire les œuvres de nos yeux et en discuter calmement ensuite.

D'un dîner aux chandelles où les flammes éclaireraient doucement nos visages. Ce serait chez moi ou chez elle, ou bien dans un petit restaurent peu fréquenté. Et pourquoi pas un violon qui jouerait pour nous ? Rien que pour nous. Nous croiserions nos regards, nous échangerions des sourires complices. Une belle soirée, partagée avec énormément de plaisir.

Être allongés tous les deux sur mon grand canapé. Nous lirions chacun un livre et parfois nous citerions quelques passages à voix haute pour en faire profiter l'autre. Nous échangerions des regards, des sourires, des pensées.

Se promener main dans la main et parcourir les quelques mètres qui nous séparent de la plage. S'asseoir sur le sable encore frais, un sable fin et doux, d'un faible beige, ressemblant presque à de la neige. Mais le soleil nous réchaufferait. Nous nous positionnerions pour faire face à la mer. Elle serait calme et je comparerais son bleu au bleu de ses yeux. Nous resterions silencieux pour entendre le bruit des vagues et le cri lointain des mouettes.

Je divague, bien sûr. Elle est si jeune et je suis si vieux. Mais sans savoir pourquoi, c'est un peu comme si ma Rose me revenait.

Je laisse ces rêves m'accompagner. Ils me suffisent aujourd'hui. C'est pourquoi je ne vais pas la voir. Pas tout de suite. Pas maintenant. Pas aujourd'hui. Je veux laisser le temps au temps. Mais je suis prêt, au cas où une impulsion s'accaparerait de moi, au cas où elle se retournerait et me demanderait ce que je fais là. Elle me trouvera certainement beau, car mes rêves laissent planer un air bienveillant sur mon visage. De plus, avant de franchir ma porte ce matin, j'ai passé un bon moment dans ma salle de bain. Hier et aujourd'hui ont été des matins différents de ceux que j'ai vécus depuis plusieurs semaines, des mois, des années. Je prends mon temps. Le temps de me raser de près, de me coiffer, de me parfumer. Car c'est un nouveau départ. Je recouvre mes joues de mousse blanche et épaisse. Je fais glisser lentement mon rasoir pour qu'apparaisse peu à peu mon visage neuf. J'aime y passer ma main ensuite, constater la nouvelle douceur de ma peau. Une douceur que mes rides ne gâchent pas. Je ne veux surtout pas donner l'impression d'un vieil homme qui ne prend pas soin de lui, un vieil homme dont elle aurait pitié. Et avant de sortir de la pièce, je me suis regardé dans le miroir. Un miroir qui me dit que le retournement de ma vie, ce moment magique, est là, tout près. Et je lui ai répondu que j'étais disposé à l'accueillir.

Notre balade, en mode séparé, se poursuit au gré de ses pas, au hasard de son cheminement. Les miens se calent derrière les siens. Je n'ai pas compté le temps passé à notre petit pèlerinage dans le quartier, au temps passé à fouler les trottoirs, à pénétrer dans les magasins, à échanger avec les commerçants.

Je l'observe de loin et je remarque, lorsque nous passons devant le kiosque du fleuriste, que sa démarche pleine de gaieté se métamorphose. Elle arrête de sautiller et accélère son pas. Puis son visage, qui jusqu'alors regardait droit devant lui, se baisse. Comme pour ne pas voir tous les beaux bouquets de fleurs qui s'offrent aux battements de paupières des gens qui passent et qui aiment la beauté des fleurs. Je me dis qu'une pensée a dû lui traverser l'esprit et qu'elle a raté ce joli spectacle.

Puis, soudain, elle s'arrête devant une vitrine. Je vois son reflet, pas très net. Il se confond avec les gourmandises exposées derrière la glace. Mais je devine son sourire, ses yeux affichant envie et gourmandise. À travers la vitre, je peux voir des petits gâteaux appétissants, un tas de petites merveilles aux couleurs variées. Elles sont délicatement posées ici et là, bien visibles. Il y en a pour tous les goûts. Je découvre avec plaisir qu'elle est gourmande, et j'aime ça. Elle pénètre dans la pâtisserie, choisit deux petites mignardises et dit, en chantant, au pâtissier : « C'est l'heure du thé ! » Elle sort du magasin en tenant une boîte contenant son quatre-heures. Une boîte aux tons pastel fermée par un ruban joliment noué.

Je l'accompagne jusqu'à sa porte, en restant à quelques distances d'elle et je lui souffle un « au revoir » qu'elle n'entend pas, lui murmure un « à demain » qui flotte au-dessus d'elle, ne tombe pas sur elle. En lui chuchotant ses mots, je souris. Je ne peux que sourire. Je l'imagine dans son salon, une pièce à son image, à prendre son thé, à savourer ses gâteaux. Je nous imagine, un jour prochain, à faire ensemble la même chose.

J'attends que la porte de sa nouvelle maison se referme complètement sur elle et je rentre chez moi avec la hâte d'une prochaine fois.

4

Je suis de nouveau devant chez elle à regarder cette porte. À attendre qu'elle apparaisse. J'ai un bouquet entre les mains. Un bouquet comme je n'en ai jamais acheté. Les fleurs sont si nombreuses, que j'ai du mal à le tenir. J'offrais souvent une seule rose à Rose, car elle était ma Rose. Elle était touchée à chaque fois. Mais pour Flora, je ne savais que choisir. Elle m'évoque tant de fleurs.

La matinée touche à sa fin, mais j'ai erré ici et là, à faire les cent pas, à tourner en rond, à passer d'un trottoir à un autre. Je ne savais pas si je devais l'attendre ou si je devais aller sonner à sa porte. Puis je me suis arrêté dans cet antre aux senteurs abondantes, face à ce joli kiosque aux fleurs que nous avions dépassé hier. J'ai pris mon temps. Je les ai regardées, je les ai admirées. Je les ai senties, je les ai caressées. Le fleuriste me regardait, suivait chacun de mes mouvements. Il me laissait faire, il n'était pas venu à moi. J'ai mis longtemps avant de me décider. Je voulais quelque chose qui ressemble à Flora.

Le bouquet se formait devant moi. Des marguerites à n'en plus finir. Des coquelicots d'un rouge vif. Et beaucoup d'autres fleurs s'insérant dans le bouquet ici et là. Je le trouvais de plus en plus beau, au fur et à mesure qu'il grossissait. Je l'imaginais, lorsqu'il serait terminé, dans les bras de Flora. Bercer ce bouquet dans ses bras, ses yeux pétillants, ses lèvres pleines de plaisir. Le fleuriste levait le regard, les posait sur moi. Et je lui disais : « Encore ! » Il continuait alors à rajouter des fleurs, à l'agrémenter de couleurs. À un moment, il m'a fait comprendre que le bouquet était assez volumineux.

Alors, j'ai regardé le bouquetier sans prononcer un mot, il a cessé de l'orner davantage. Il avait compris que j'avais compris. Les fleurs étaient à leur apogée afin de la combler. J'avais payé et j'étais parti sans attendre ma monnaie, sans me retourner, tenant contre moi cette joyeuse gerbe.

Mon errance sur quelques mètres carrés continue, les minutes s'enchaînent. Puis je m'arrête. Je retrouve le banc gris et froid et je m'assois. Je me lève de temps en temps. Le temps d'un pas. Le temps de penser à traverser la rue, de penser à aller frapper à sa porte. Mais je me rassois, je réfléchis. Je passe une main dans mes cheveux blancs, je touche mon visage, j'effleure mes rides. De temps en temps, je masse mon genou par moment douloureux. Je pense à la façon dont elle allait me regarder, à sa manière de me voir. Allait-elle attacher son regard sur moi de la même façon que je la contemple ? Allait-elle me voir comme je la vois ? Elle va me voir vieux, c'est certain.

Je sors enfin de mes pensées, de mes questionnements, et je me lève. Je traverse la rue, une voiture stoppe et me laisse passer. La femme derrière le volant n'a pas l'air pressée. Elle ne joue pas avec la pédale d'embrayage, son véhicule n'est pas sous tension. Je la vois me suivre du regard. Un regard attendri par les fleurs que je porte.

Je me retrouve devant cette maison dans laquelle j'aimerais être invité

C'est une maison neuve, bien entretenue, à l'enduit d'un blanc éclatant, aux volets bleus comme l'océan. La boîte aux lettres en bois sombre est posée sur un poteau planté dans l'herbe pas très loin de l'entrée. J'examine l'étiquette collée dessus et je vois son nom. Un signe que Flora habite bien là. Flora est dans cette maison, si proche de moi. Je passe mon doigt sur son prénom, sur chaque lettre qui le compose.

De la route à sa porte, l'allée gravillonnée est légèrement en pente. C'est un peu comme si la maison était perchée sur une petite colline, à peine plus bombée qu'un monticule de terre. Puis il faut ensuite monter quelques marches pour accéder à l'entrée. Je les monte, une par une, lentement, en me tenant à la rambarde. Je me méfie, car l'énorme bouquet de fleurs m'empêche de discerner l'espace devant moi. La dernière surface plane m'accueille enfin. J'ai le souffle un peu court, les jambes qui flageolent. Je suis devant mon destin, je n'ai plus le choix.

J'appuie sur la sonnette. Son tintement est fort, il résonne. J'écoute, j'attends. Il me semble attendre longtemps. Une éternité. Même si je sais que ce n'est pas vrai. Elle arrive. La poignée grince et pivote. La porte s'ouvre. Je suis face à elle.

J'ai le sourire sur les lèvres. Mais le sien, qu'elle m'offre pourtant dès la première seconde, se fige rapidement pour disparaît complètement. Elle me regarde, puis regarde le bouquet que je tiens devant moi, devant elle. Son expression est sans couleur. Elle ne prononce pas un mot et ses traits s'affaissent peu à peu. Je ne lis pas la joie que je lui ai vue et que j'espérais voir de nouveau. Cela me glace. Puis ses yeux s'affolent. Ils passent de mon visage aux fleurs, des fleurs à mon visage. Ils ne font qu'aller et venir, sans s'arrêter. Je ne sais pas quoi faire, quoi dire, quoi penser.

Je ne fais que la regarder, sans bouger. Je vois son regard. Un regard qui m'inquiète.

Ses yeux sont si bleus. Un bleu qui me fait penser à l'océan, à une mer couleur azur, une eau dans laquelle j'ai envie de plonger. Ils sont magnifiques. Ce sont des saphirs qui, aujourd'hui, sont derrière une petite paire de lunettes rondes. Je la regarde et je la vois alors comme un petit oiseau terrifié par ma présence. Mais ce sont pourtant les fleurs qu'elle regarde avec cet air tourmenté. Ses sourcils se froncent. Son expression navigue entre tristesse et colère. Je suis nerveux, je me fais soudain du mauvais sang. Je devrais peut-être dire quelques mots, mais rien ne vient, rien ne sort. Nous sommes comme deux animaux en train de nous épier, de nous jauger, de nous effrayer. Cet instant me semble s'éterniser, alors qu'il ne dure que quelques secondes. Des secondes qui s'achèvent par une pirouette, par la vision de son dos qui se dirige vers le fond de sa maison, sans un mot m'invitant à entrer. Elle ne m'a pas fermé la porte au nez et j'en suis soulagé. Car elle est mon espoir, celui qui a émergé de l'obscurité ce soir de tempête afin de me mener à la lumière. J'en suis persuadé. Sans savoir encore pourquoi. Je la suis et je vois à quel point elle est fine et frêle. Et quand elle se déplace, ses bras remuent et ressemblent à des ailes. Des ailes en train de se déployer, de prendre leur envol.

Nous arrivons dans la cuisine et elle se colle contre l'évier. Ses mains appuyées contre l'inox la soutiennent. Puis elle se tourne vers moi et je vois ses yeux pleins de larmes. Je sens le sol se dérober sous mes pieds, mais j'essaie de lutter contre l'angoisse qui me noue la gorge. Ses lèvres tremblent, ses épaules frémissent, ses jambes flageolent. J'ai peur qu'elle tombe et je suis encore trop loin d'elle pour la soutenir. Puis, nous ne nous connaissons pas. Je ne sais pas comment elle prendrait le fait que je la touche. Ses yeux embués ne regardent rien. Ils sont dirigés vers un vide connu d'elle seule. C'est comme si elle se retrouvait soudainement dans un épais brouillard. Ses larmes noient ses iris qui deviennent d'une brillance mystérieuse, où le bleu de ses yeux se noie. Je la regarde toujours, sans faire le moindre mouvement, sans prononcer la moindre parole. J'ai envie de lui demander si elle va bien. Mais cette question, qui reste coincée au fond de ma gorge, me semble idiote. Son état larmoyant m'empêche de la poser. J'arrive cependant à murmurer que je suis désolé. Je ne sais que dire d'autre pour le moment.

Elle finit par s'asseoir sur une des chaises autour de la table ronde. C'est une table recouverte d'une toile cirée, ornée de gros tournesols. Elle trône au centre de la pièce. Et au milieu de la table se trouve une tasse un peu ébréchée remplie d'un café noir et opaque, un breuvage qui doit être fort. Il ne fume plus, il doit être froid. Je fais comme elle et j'investis la chaise face à la sienne, sans y être invité. Mais j'ai à peine posé mes fesses sur l'assise en formica qu'elle se relève pour se saisir d'une autre tasse dans le placard au-dessus de l'évier. Elle la charge d'un café chaud qu'elle met devant moi, sans m'avoir demandé si je souhaitais boire la même chose qu'elle. Elle dépose également des sachets de biscuits. Elle retourne s'asseoir et s'attelle à remuer le liquide sombre sans penser à le boire. Je baisse mon regard qui se perd dans les volutes de mon nectar opaque. Je ne la vois plus, mais je l'entends. Ses pleurs occupent l'espace et obsèdent mes pensées. Car j'ai en face de moi une véritable fontaine. Flora se noie dans un chagrin qui m'est incompréhensible. J'ai envie qu'elle m'explique pourquoi. Pourquoi s'est-elle mise dans ce triste état en me voyant ? Pourquoi ses sanglots déchaînés ne cessent-ils pas ? Mais elle ne dit aucun mot et ne me rassure pas. Ses pleurs envahissent son visage, puis tombent sur la table et dans sa tasse de café froid. J'aimerais mieux une avalanche de mots que ce déluge de larmes. Au moins, je saurais pourquoi.

Elle se saisit d'un des paquets de petits gâteaux secs, qu'elle malaxe de sa main libre, mais qu'elle n'ouvre pas. Elle les concasse dans leur emballage, elle les écrase, elle les broie. Elle en fait d'abord des morceaux grossiers qui finissent par devenir des miettes fines comme des grains de sable. Je pense encore, un court instant, à ma vision d'une virée à la plage où elle m'accompagne, où nous regardons ensemble les vagues s'échouer sur le rivage. Mais le bruit de ses spasmes larmoyants empêche ma rêverie de s'éterniser. Je décide donc de prendre le taureau par les cornes avant de prendre la poudre d'escampette.

Il ne sert à rien que je reste si ma présence la rend ainsi. J'attrape son regard. Je plonge mes yeux bruns dans ses yeux bleus. Et je laisse enfin s'échapper ce mot qui me brûle la poitrine depuis de longues minutes. Je lui dis : « Pourquoi ? » Je le dis à plusieurs reprises, un grand nombre de fois. Je le dis de plus en plus fort. Et finalement, elle me répond. C'est une succession de phrases entrecoupées de quelques secondes. Des secondes que je laisse planer sans rien dire.

J'en reste bouche bée. Je ne comprends pas, je ne sais pas quoi répliquer. Elle ne doit pas aimer les fleurs. Cependant, ce n'est pas une raison pour se mettre dans cet état, pour s'affliger un tel chagrin.

— Ce n'est pas vous ! Ce sont les fleurs !

— Une autre fois ! Un autre jour, je vous dirai pourquoi. Je vous raconterai.

— Maintenant, partez ! Allez-vous-en, s'il vous plaît ! Je souhaite rester seule. »

Elle me souffle ces mots et je lui fais part de ma pensée.

— Je ne comprends pas une si grande peine. Ce ne sont que des fleurs. Personne ne déteste les fleurs à ce point.

Je me lève, sans boire le café qu'elle m'a offert malgré mon bouquet de fleurs qu'elle déteste, bien que je sois un inconnu venu chez elle sans me faire inviter. Je sors un petit carnet de ma poche, ainsi qu'un stylo, et je griffonne mon nom et mon téléphone en lui disant que j'habite la maison en face, au numéro onze. Je déchire le bout de papier et je le pose sur un des tournesols plastifiés. Dans un dernier souffle, je marmonne.

— Venez me voir quand vous voudrez, si vous le voulez. Je vous attendrai ! Je serai là ! J'en ai vraiment envie.

J'ai failli lui dire que j'en avais besoin, mais j'ai retenu cette dernière phrase. Je l'ai empêché de s'évader hors de ma bouche.

Flora se saisit de la petite page quadrillée et l'enferme dans sa main, dans son poing. J'espère de tout mon cœur qu'elle ne va pas la jeter, que je ne vais pas finir dans sa poubelle, au milieu des ordures, pour ainsi disparaître à jamais. J'ai peur de ne plus la revoir. Parce que mon espoir d'un secret qu'elle porte peut-être en elle, cette révélation que je recherche, disparaîtra. Mais elle ne le jette pas, pas devant moi en tout cas. Elle m'accompagne jusqu'à sa porte, toujours en pleurs. Elle me pousse sur le palier en refermant rapidement sa porte. Je n'ai pas le temps de me retourner pour la voir. Peut-être pour la dernière fois. J'aurais tant aimé pourtant. Car, à cet instant, je ne sais pas si je vais la revoir.

5

Quelques jours passent. Des jours sans saveur, sans humeur. Les heures me semblent durer une éternité. Et l'éternité, c'est long, très long, trop long. Je grignote lentement chacune de ces heures avec rage, car rien ne se passe. Je n'attends qu'une chose et elle ne vient pas. Je désire un seul bruit contre ma porte et je ne l'entends pas. Je ne désire voir qu'une seule personne franchir mon seuil et je ne l'aperçois pas. Je regarde souvent par la fenêtre, mais le paysage ne change pas.

Je suis chez moi, enfermé dans ma maison que j'ai peur de quitter. On ne sait jamais. C'est comme un retour à la case départ. Mais je ne me laisse pas aller. Je continue à me doucher chaque matin, à me raser de près, à me parfumer, à m'habiller. Je fais cela tôt chaque matin. Je veux être prêt. Si Flora arrive, je veux être à mon avantage. Mais elle ne vient pas.

J'essaie d'occuper mon corps et mon esprit dès mon lever, jusqu'à mon coucher. L'envie et l'énergie me manquent. Cependant, je n'ai pas le choix si je veux que ces heures interminables ne se transforment pas en heures immobiles.

Je retrouve de vieux magazines que j'empile sur la table du salon et que je feuillette dans un sens puis dans l'autre. Je relis certains articles que je trouve sans intérêt. Mon esprit, que je force à se concentrer, est ailleurs. Je commence un roman que l'on m'a offert il y a longtemps et que je n'ai jamais lu. Mais je suis obligé de relire certains passages, voire des pages entières, car je ne suis pas à ce que je fais. Je n'arrive pas à rentrer dans l'histoire de ce livre. Je ne trouve pas le goût à la lecture. Je regarde beaucoup la télévision. Les images défilent devant mes yeux hagards. Mes yeux qui ne perçoivent que les flashs lumineux et les mouvements prisonniers de l'écran. Les informations précèdent les films ou les séries policières, les émissions sans intérêt leur succèdent. Je fais beaucoup d'allers-retours dans la cuisine. Pour me faire un café, pour boire un verre d'eau, pour aller chercher de quoi picorer ce qu'il y a dans le réfrigérateur. Ces allers-retours se font lentement afin d'occuper plusieurs minutes de ces longues journées. Mais, surtout, je passe également des moments infinis devant ma fenêtre. Je regarde les environs, le lieu à quelques mètres de ma maison, celui où Flora m'est apparue ce soir de tempête, celui où elle peut de nouveau se matérialiser à tout moment. Je regarde le ciel et je prie pour qu'il se déchaîne, qu'il fasse entendre ses grognements, qu'il lance ses éclairs, qu'il se déchire afin de déverser sur la ville toute sa rage. J'ai envie de voir le vent secouer les branches des arbres, la pluie inonder l'horizon, le noir de la nuit engloutir le ciel et jeter son rideau sur la ville, la lumière des réverbères diffuser une lumière jaune faisant trembler les ombres. Je fixe l'arbre derrière lequel Flora avait jailli il y a quelques jours. Je lui murmure de la faire revenir, de la libérer une nouvelle fois, de la mener encore une fois jusqu'à moi. Je reste longtemps ainsi, implorant une chose que je désire plus que tout à cet instant. Mais il ne se passe rien. Le jour décline et le soleil va se coucher pour laisser sa place à la lune. Une lune pleine que je scrute à n'en plus finir avant de me détourner, mes espoirs envolés.

C'est si long de ne rien faire. Et encore plus lorsque je fais semblant de faire quelque chose.

Cette nuit-là, je la termine sur mon canapé à broyer du noir, à voir tout en noir. La seule pensée qui m'obsède est que Flora ne viendra pas à moi. Je ne sais pas ce que je lui ai fait en voulant lui offrir ce bouquet de fleurs. Je l'ai à peine trouvée que je l'ai déjà perdue. C'est terrible de tourner en boucle une seule pensée, toujours la même, sans la moindre nuance pour la modifier, de ne pas réussir à en mettre une autre dans sa tête. Ma tête qui va exploser si je n'arrive pas à envisager une nouvelle pensée.

Je ne baisse pas un seul instant mes paupières. Mes yeux restent aux aguets, à fixer la fenêtre. Je n'ai pas fermé mes volets et mes heures nocturnes voguent au-delà de la vitre, à fixer une lune immobile, une rue vide, vide de Flora. Je regarde tant l'astre de la nuit que je connais chaque teinte et demie teinte qui la compose, que je peux situer chaque cratère, chaque montagne qui dessine des zones plus sombres sur sa surface si lumineuse. Ma nuit se passe ainsi, dans la lune, à craindre le lendemain. Un lendemain que j'imagine comme la journée qui vient de passer. La veille n'a été qu'une longue brassée d'air afin que le temps défile malgré un manque d'enthousiasme certain qui grandit, qui prend de plus en plus de place. L'espoir que j'ai, quant à lui, diminue, étouffe dans ce scepticisme croissant. Il est, au petit matin, qu'un petit rien du tout que j'ai envie d'envoyer valser à l'aide d'une pichenette.

Ma première idée, en émergeant des brumes sombres de ma nuit blanche, est d'aller m'enliser dans mon lit pour récupérer quelques heures de sommeil. C'est une résolution qui doit me faire oublier Flora, ne plus l'attendre, ne plus espérer sa venue. Dormir pour ne pas voir le temps passer. Un programme pour commencer cette nouvelle journée afin de submerger mon temps jusqu'au prochain crépuscule. Mais avant ce programme, je vais dans la cuisine.

Je n'ai rien mangé la veille et je décide donc de combler à cette carence. Cette seule pensée fait réagir mon estomac au quart de tour. Il se met à gargouiller, à réclamer son dû. Je m'empare d'une énorme miche de pain pas encore tout à fait rassie et j'en coupe deux larges tranches que le tartine de fromage qui traîne depuis quelque temps déjà dans le réfrigérateur.

Le pain qui n'a plus toute sa fraîcheur et ce fromage ne m'empêchent pas de prendre un certain plaisir à cette simple nécessité de garnir ma panse. Je vide dans l'évier le vieux café resté à croupir dans la cafetière pour la remplir d'un breuvage au goût du jour, à l'arôme agréable. La cuisine se remplit de cette odeur avenante, de cette ambiance neuve.

Je décide ensuite de m'atteler à la vaisselle sale qui attend depuis plusieurs jours dans le bac en inox. J'enfile les gants bleus — pastel de Rose, ceux qu'elle mettait toujours pour prendre soin de ses mains, conserver leur douceur. Je ferme les yeux un instant, le temps de la revoir exécuter les mêmes gestes que je m'apprête à faire. Un instant qui me fait réaliser que je ne pense pas beaucoup à Rose depuis l'apparition de Flora. Je culpabilise et j'espère qu'elle ne m'en veut pas de là où elle est.

Rose et Flora. Flora et Rose. Elles envahissent soudain mon esprit. Leurs traits se mélangent, elles ne font plus qu'une. Puis le visage de Rose s'efface pour ne laisser place qu'à celui de Flora. Je me fais la réflexion qu'il est si facile d'abandonner derrière soi sa vie passée lorsqu'une nouvelle occupation d'esprit prend soudainement tout l'espace. Et Flora a su très bien y faire pour que je ne pense plus qu'à elle.

Ma bonne résolution part en fumée. La vaisselle reste entassée dans l'évier, elle ne sera pas lavée, pas aujourd'hui encore. Elle ne séchera pas, et les gouttes d'eau la recouvrant ne se volatiliseront pas d'elles-mêmes avant que les assiettes, les couverts, les verres et les tasses ne retrouvent leur place dans les placards. Les gants bleus réintègrent le placard en compagnie des produits ménagers. Le café frais refroidit avant que je pense à me servir une tasse et son délicieux arôme s'évapore encore une fois sans que je m'en rende compte. Et je ne monte pas dans ma chambre pour aller me reposer, récupérer quelques heures de sommeil en retard.

Je glisse peu à peu dans la rêverie, je me laisse aller dans la même songerie qui m'habite depuis plusieurs jours. Décidément, je ne peux pas y échapper, je n'arrive pas à faire autre chose. Je m'assieds sur une des chaises de la cuisine, devant les miettes de pain que je n'ai pas pris le temps d'enlever, face à ma tasse restée vide, vierge du café qui restera certainement dans la cafetière à refroidir.

Je n'ai pas bougé. Je suis là depuis les premières lueurs de l'aube et la lumière dans la cuisine n'est plus la même. Je n'ai pas vu le temps passer, un temps passé à attendre, un temps qui s'est perdu dans les méandres de mon inactivité. C'est incroyable comme les heures s'évadent à grande vitesse lorsque les pensées restent suspendues et nous empêchent de faire autre chose. Je lève cependant les yeux quand je m'aperçois que la pénombre a envahi la pièce, quand j'entrevois les lampadaires diffuser leur halo jaune dans le ciel devenu obscure. Néanmoins, je décide, cette fois-ci, de ne pas passer ma soirée devant la fenêtre à invoquer la tempête, à espérer l'orage, à désirer la pluie, à soupirer après Flora.

Je me dirige lentement vers l'escalier qui mène à ma chambre et je monte les marches, glissant sur elles comme un fantôme, les effleurant de mes pantoufles. Je fais un passage rapide dans la salle de bain pour me brosser les dents. Je regarde mon reflet dans le miroir, mais je détourne mon regard de mon apparence fatiguée, des vilaines poches qui cernent mes yeux. C'est mon lot pour ne pas avoir dormi depuis quelques jours.

Ce soir-là, je me laisse engloutir par mon lit sans allumer la lampe, sans caresser les draps couverts de fleurs, les fleurs de Rose. Je sombre rapidement dans un sommeil de plomb, sans penser à qui que soit, dans des ténèbres sans rêves, mais surtout sans cauchemars.

6

Les coups frappés à la porte d'entrée mettent longtemps à me réveiller. Ils se sont d'abord perdus dans le silence nocturne du rez-de-chaussée de la maison avant d'arriver à l'étage où je dors profondément, où mes ronflements doivent envahir l'espace. Rose se moquait souvent de moi le matin, une raillerie dite avec gentillesse, mais qui me vexait toujours un peu. La seconde de froissement passée, je m'excusais toujours d'avoir troublé son sommeil.

C'est au moment où ces bourrades contre ma porte atteignent le haut de l'escalier que je les entends. Ils me font ouvrir les yeux, difficilement au début. Ils ne voient tout d'abord qu'une brume épaisse avant que les contours de ma chambre ne se dessinent. Je réalise alors que nous sommes au milieu de la nuit et que de tels coups doivent avoir un caractère d'urgence. Je bats des paupières pendant, ce qui me semble, une éternité. Une éternité avant de me réveiller complètement et de sauter au pied de mon lit.

Je me lève et j'enfile mes pantoufles afin de ne pas subir le froid du carrelage arrivé en bas des marches. Je n'allume pas, car je ne veux pas que mon visiteur nocturne sache que j'arrive.

Je veux le surprendre comme il m'a pris sur le fait de mon sommeil de plomb. L'obscurité qui accompagne ma descente de l'escalier me fait avancer lentement, mais sûrement. Mes pas tatillons inspectent chaque endroit où ils se posent, essaient de deviner l'absence d'obstacles.

J'arrive enfin face à la porte qui continue son tumulte. Je regarde à travers le judas et je prends conscience de la surprise qui m'attend. Je réalise qu'il faut ouvrir au plus vite avant de voir disparaître celle qui se trouve derrière. Je ne souhaite plus la frapper d'étonnement, mais l'inviter avec douceur, avec empathie. J'ouvre alors lentement ma porte en affichant un sourire sur mes lèvres avec des mots trottant déjà dans mon esprit, une simple phrase pour l'inviter à entrer chez moi.

Elle est là devant moi et elle est parée de la même robe dont elle s'était auréolée la première fois qu'elle m'était apparue. Les fleurs lui vont si bien.

La pluie s'est mise à tomber, le vent s'est déchaîné après ma plongée dans le monde de Morphée. Je n'ai rien entendu. La tempête ne m'a pas atteint, est passée au-delà de moi. Et Flora, face à mon visage enjoué, a la même apparence. Fleurie, trempée, les cheveux en bataille. Décidément, c'est un temps où elle aime mettre le nez dehors. Mais elle est figée, alors que, la fois précédente, elle marchait sur une allure charmante, une allure sautillante, une allure dansante. Je m'en souviens tant. Et ce soir, la pluie l'a encore enveloppée, le vent l'a encore décoiffée, mais quelque chose la tétanise. Je me rends compte, au moment où je plonge mes yeux dans son regard bleu, qu'elle doit être dans cet état depuis le jour où j'ai franchi sa porte avec mon bouquet de fleurs.

Mes heures, où le sommeil m'a emmené loin d'elle, sont soudainement devenues un souvenir reculé. L'électrochoc de voir Flora ainsi. Si triste, tant différente de ce qu'elle semble être, me fait me retourner pour courir chercher une couverture. Je veux la protéger, je veux la couver. Je reviens avec le plaid gisant au creux de mon canapé, celui qui m'a enveloppé durant mes longues périodes d'insomnie. Je le dépose sur ses épaules, l'enrobe de ce doux tissu, tout en la poussant délicatement à l'intérieur. Elle se laisse faire, sans réagir, telle une poupée de chiffon. Je la sens vulnérable entre mes mains qui se veulent l'âme d'un bon samaritain.

Flora tremble tellement que, si elle était parée de grelots, l'atmosphère autour d'elle résonnerait de leurs sons cristallins. Et il me semble la maintenir pour que ceux-ci aient un joli tintement et ne vibrent pas dans un triste capharnaüm. Au fond de moi, je panique de la découvrir ainsi, mais j'essaie de ne pas lui montrer, de paraître tout l'inverse pour la calmer, la réconforter. J'affiche pour cela un visage avenant et je la regarde tendrement, doucement. Elle a l'air d'en avoir besoin. Mais je vois bien que je ne fais pas le poids, que mon attitude ne change rien à son triste état. Que dois-je faire ? Que dois-je dire ? Je ne sais vraiment pas. Je vais m'occuper d'elle et je la laisserai me souffler, doucement ou violemment, ce qu'elle a dire le moment venu.

Nous traversons le salon lentement, ses pas charriant son cœur lourd de peine. Il semble peser une tonne, être un poids pénible à endosser. Je le sens même si je n'en connais pas encore la raison. Mon canapé l'accueille et Flora se laisse choir, s'effondre presque. Elle glisse mollement dans le moelleux qui l'attend en m'entraînant avec elle. Je l'entoure comme je peux pour que ma chaleur se diffuse jusqu'à elle, en elle. Elle reste de longues minutes ainsi, le visage figé, les yeux dans le vide, ses cheveux dégoulinant dans son cou. Je la frictionne avec légèreté de la couverture que j'ai posée sur ses épaules. Je ne veux pas trop la bousculer. Son visage n'est plus le même que le soir de ce premier orage. Elle semble effrayée et j'ai peur d'aggraver son état.

Les minutes avancent et Flora reste enfermée dans son mutisme. Je fais de même en attendant que quelque chose se passe. Mais ma tête est légèrement tournée vers elle et je la regarde. Mes yeux se baissent, par moment, vers ses jambes menues qu'elle a croisées. Et j'y détecte des soubresauts. J'image l'agitation qui doit l'envahir, sans en deviner la cause. Lorsque mon regard se pose de nouveau sur son visage, je vois comme un masque qui s'est apposé à la place de sa véritable image, celle que j'ai tant aimée l'autre soir. J'ai envie d'y appuyer mes mains pour l'enlever, le lui arracher, et retrouver celle de ce soir originel. Ce masque semble de cire, ses traits sont affaissés, ses joues sont creusées, elle paraît plus âgée, comme si sa peau était exténuée. Sa couleur est triste, d'un gris sans vie. Je n'aime pas ce que je vois. Je prie pour que cet aspect lugubre se métamorphose bientôt. Je sens que, lorsque Flora me dira enfin si c'est ma présence qui la rend ainsi, ce masque tombera pour m'offrir une vision tout autre. Elle sera alors libérée d'un poids.

Je m'enfonce un peu plus dans le canapé et je patiente. D'ailleurs, j'en fais part à Flora.

— J'attends ma chère Flora ! J'attendrai le temps qu'il faudra.

Et les minutes passent. Elles se dirigent invariablement vers l'aube qui ne va pas tarder à poindre le bout de son nez.

Puis Flora me regarde enfin.

Les larmes — ou était-ce des perles de pluie ? — ont cessé d'envahir ses yeux, de gonfler ses paupières et de glisser le long de ses joues. Le bleu de ses iris brille encore de tristesse, un air morose y demeure toujours. Mais je suis soulagé que son inertie prenne fin, qu'un mouvement se manifeste enfin. Et ce nouvel élan la conduit vers moi. Je l'espérais tant.

Je la regarde aussi, mais sans rien dire, sans risquer une nouvelle retraite de sa part. Les mots que j'ai tellement envie de prononcer restent coincés dans ma gorge, m'empêchent presque de respirer. Je patiente douloureusement, je veux que ce soit elle qui parle la première. J'adapterai mes paroles selon les siennes. C'est souvent ce que je faisais avec Rose. Je la laissais toujours s'exprimer avant moi, je lui confiais les rênes de nos échanges, de nos discours. Je suis ainsi, peut-être trop passif, mais je n'arrive pas à être autrement.

Sur le mur du salon, la pendule fait ciller ses trois aiguilles. Celle des secondes ne s'affole pas. Celle des minutes avance en prenant leur temps. Celle des heures semble quasiment immobile. Je le sais sans porter mon attention sur elles. Le temps s'esquive, mais paraît invariable. Puis, les lèvres de Flora se mettent à bouger. C'est un débit de mots qui se répand telle une brusque volée d'oiseaux quand ils entendent un bruit effrayant.

Je ne remarque pas tout de suite qu'elle me tutoie alors que nous ne nous connaissons pas. Cependant, lorsque je m'en aperçois, cela me ravit, me touche en plein cœur.

Je l'écoute sans saisir ses premiers mots qui me semblent dénués de sens. Mais au fil de son discours, je comprends ce qu'elle me dit.

Flora me dit qu'elle veut devenir une fleur, qu'elle va se transformer en fleur. Elle me susurre que c'est possible, qu'un endroit existe où cela va se produire. C'est un village perdu. Un village loin de tout, mais si proche de nous. Un village où l'on va seul pour mourir, pour éteindre la lumière en douceur. Elle me raconte ce lieu, me le décrit. Je lui demande si elle y est déjà allée pour me le peindre ainsi. Elle me répond que non. Que c'est comme ça qu'elle le voit, que son imagination n'a pas de limite lorsqu'elle y pense. Elle se le figure toujours en ruine. Parfois, il est entouré de falaises escarpées où des vagues salées viennent se briser. Parfois, c'est une immense forêt qui surgit, sans aucun sentier, où le soleil peine à pénétrer tant les arbres sont denses en feuillages et si proches les uns des autres. C'est selon les jours. Les ruines sont éternellement présentes, mais son orée varie. Chaque habitation subit la déliquescence du temps, mais ne perd pas son charme. Il est même plus prononcé au fil du temps. Elle me conte le vide qui y règne, l'absence de gens faits de chair et de sang. Il n'y a personne. Seuls celui ou celle qui s'y rendent hantent le lieu pendant quelques heures, ou quelques jours, avant de se métamorphoser. Avant l'extinction. Avant la renaissance.

  Flora me répète qu'on y va seul. La mort qu'on y trouve là-bas n'a pas besoin de compagnie. Nous errons dans le village en attendant notre heure, notre métamorphose. L'âme reste pour toujours dans le village, prisonnière dans le cœur d'une fleur qui ne meurt jamais. Nous le sentons immédiatement et il faut alors attendre son tour. Une petite voix, au plus profond de nous, nous avertit lorsque nous pouvons entrer dans ce village extraordinaire.

Elle me décrit ce qui arrive. On se pose ici ou là, sur une marche en vieille pierre, contre le mur d'une maison, sur un muret face à la mer ou sur une souche bordant la forêt. Nous pouvons aussi aller dans le cimetière où plus aucune pierre tombale ne trouve sa place. Seuls des milliers de fleurs envahissent le terrain, parmi les herbes hautes, au milieu de quelques cailloux.

Puis l'attente commence. Elle dure jusqu'à ce que la terre nous avale. Cela se fait petit à petit. Sans effort. Sans douleur. Sans rien ressentir d'ailleurs. Nous nous évaporons, notre apparence corporelle s'estompe, tout en douceur, jusqu'à disparaître complètement, tout simplement. Et ensuite, la magie opère. La magie de voir plus tard une petite pousse sortir du sol, s'immiscer entre des herbes folles ou des pierres. Puis vient le moment de l'apparition d'une jolie fleur à l'endroit même où nous nous sommes abandonnés pour nous diriger vers un autre monde.

J'écoute Flora et chacun de ses mots résonne en moi. Je veux la croire. Je ne dis rien. Je hoche la tête. Je lui souris. Je lui tiens la main. Je n'ai pas envie, pour le moment, de lui poser des questions qui mettraient un terme à sa fantastique histoire. Puis elle cesse sa coulée de mots et retrouve le sourire.

Flora m'explique enfin pourquoi ses larmes ont jailli lorsque je lui ai apporté le bouquet de fleurs. Elle m'explique qu'elle imagine chacune d'elles comme une personne et que les couper pour en faire de beaux bouquets est cruel. Elle ne le supporte pas.

Elle semble épuisée et ne dit plus rien d'autre. Elle m'a révélé son secret et maintenant elle se lève, dépose un baiser sur ma joue et se dirige vers la porte. Elle rentre chez elle pour dormir un peu. Avant de s'évanouir, elle se tourne vers moi en me soufflant de simples mots qui me font chaud au cœur.

— À demain Philibert !

7

Depuis que Flora m'a soufflé son secret dans l'oreille, nous nous voyons très souvent. Avec beaucoup de plaisir à chaque fois. Et je regarde les fleurs d'une tout autre façon. J'ai du mal, cependant à y croire. Moi qui cherche tant à finir ma vie autrement, les mots sortis de la bouche de Flora me semblent appartenir au domaine de la science-fiction. C'est une extrapolation de nos connaissances scientifiques, mais j'ai quand même envie d'y croire. Je veux me raccrocher à quelque chose qui me permettra d'avoir moins peur. Donc, je ferme les yeux sur mon côté rationnel, car j'ai besoin de rêver. J'aime l'idée de terminer mon existence en rêvant.

La nuit, où Flora est apparue pour se confier à moi, remonte à quinze jours. Quinze jours que je ne vois pas passer. Ils fusent à la vitesse d'une étoile filante.

Au début, nous nous voyons très régulièrement. Notre premier moment de la journée commence lorsque le jour se dévoile. Nous ouvrons souvent nos volets en même temps et nous nous faisons un signe de la main, un sourire. Puis nous nous croisons, nous faisons quelques pas ensemble, nous échangeons quelques mots, de plus en plus de mots. J'ai le cœur serré à chaque séparation, comme une crainte latente qui me tenaille de ne pas la revoir, qu'elle se volatilise. Mon imagination alors va bon train, car je ne conçois plus de ne pas être près d'elle, de ne pas sentir sa présence. Mes nuits sont d'ailleurs difficiles parce que je ne pense qu'au lendemain. Je prie chaque soir que mes heures nocturnes fondent comme neige au soleil, disparaissent comme par magie pour arriver le lendemain.

Depuis quelques jours, je l'invite à la maison. Mon signe de la main est une invitation et elle le comprend. Elle arrive donc tôt, dès les primes lueurs de la matinée. Le carillon de la porte d'entrée se manifeste pendant que je prépare le petit déjeuner. C'est un petit déjeuner pour deux. Je gâte Flora, car je veux qu'elle ne manque de rien. Elle me devient précieuse, presque indispensable. Les premiers matins, j'en fais pour tous les goûts. Je ne connais pas encore les siens. Mais au fur et à mesure, la table se trouve envahie par tout ce qu'elle aime. Je fais connaissance avec les saveurs dont elle raffole, des saveurs sucrées. À chaque fois qu'elle pénètre dans la cuisine, ses yeux bleus s'écarquillent, s'illuminent. On dirait une petite fille émerveillée devant son gâteau d'anniversaire ou ses cadeaux au pied du sapin de Noël. C'est comme si, à chacune de ses arrivées, la surprise était nouvelle, qu'elle n'avait pas eu la même chose la veille. Son expression m'enchante et me convainc de continuer de lui préparer, chaque jour qui passe, ce copieux petit repas matinal.

Nous nous attablons, l'un en face de l'autre, et nous prenons notre temps, nous faisons durer cet instant. Les minutes s'éternisent pour arriver parfois à former une heure. Une heure délicieuse. Je n'aurai jamais pensé manger autant le matin. C'est nouveau pour moi. Mais je me rends compte que j'y prends beaucoup de plaisir. Et voir Flora se régaler me donne faim. Cette occasion gourmande est comme sacrée. Nous ne parlons pas beaucoup, nous nous regardons à peine. Nous avons chacun notre nez plongé dans nos tasses de café et nous avalons tout ce qui se trouve sur la table. Une fois terminées, nous levons enfin les yeux, nous nous regardons, nous nous sourions. Puis nous allons dans le salon pour nous installer confortablement et enfin discuter plus intensément. J'apporte nos tasses remplies d'un nouveau café chaud que je pose sur la table du salon et j'y ajoute des biscuits au cas où Flora aurait encore faim. Les restes de vestiges de notre petit déjeuner restent sur la table. Je m'en occupe toujours plus tard.

Lorsque Flora et moi sommes douillettement assis sur mon canapé, nos langues se délient, les mots s'échappent de nos bouches. C'est si facile de laisser libre cours à ce que nous avons à nous dire.

Je lui raconte Rose, notre vie, notre amour. Je lui raconte aussi sa maladie, sa mort, mon chagrin, ma douleur, mes peurs. Je garde cependant un petit jardin secret.

Flora ne me parle pas beaucoup d'elle. Elle reste mystérieuse. Je ne sais pas d'où elle vient, si elle a des amis, un petit ami. Elle me dévoile quelques-uns de ses goûts, de ses péchés mignons, ce qu'elle aime faire, ce qu'elle aime lire. Je découvre qu'elle est née l'année où ma Rose s'est éteinte.

Les premières discussions ressemblent à un inventaire de mon existence, à un résumé très succinct de la sienne. Il y a des sujets que nous n'abordons pas.

Flora parle peu, elle m'écoute sans m'interrompre. J'ai tant à dire après ces années de solitude. Et lorsque je me tais, elle me souffle encore son secret. Un mystère qui ne tient qu'en une seule phrase, juste quelques mots qui glissent entre ses lèvres à peine entrouvertes. Elle parle tout bas. J'ai l'impression qu'elle a peur que quelqu'un d'autre l'entende, alors que nous sommes seuls dans la maison. Il faut que je tende l'oreille pour saisir ce qu'elle me dit. J'ai envie qu'elle m'en révèle davantage, mais elle me dit qu'elle n'en sait pas beaucoup plus, qu'elle le saura le moment venu. Et lorsque je lui demande quand même de continuer et elle me murmure les mêmes mots à chaque fois.

— Plus tard, Philibert ! Plus tard !

Les premiers jours, nous ne sortons pas. Ce petit bout de femme envahit mon espace, ma maison, mon temps. Elle vient plus souvent chez moi que je vais chez elle. Elle me dit que c'est le désordre, qu'elle n'a pas terminé de ranger tous ses cartons. Je pense à Rose, bien sûr. Je culpabilise d'être en compagnie d'une autre femme. Même si ma relation avec Flora n'a rien à voir avec ce que je vivais avec elle. Puis, je me dis qu'elle doit apprécier de me voir heureux. Elle a peut-être été peinée de me voir si seul durant tant d'années.

Flora prend ses aises. Et je me prends à aimer ça. Je me sens bien grâce à elle. Elle se révèle comme je l'avais imaginée lorsque mon regard s'était posé sur elle la première fois. Elle rit beaucoup, ses yeux bleus pétillent, elle dit aimé vivre et de ne pas avoir peur de mourir. Elle me dit cela lorsque je lui parle de la mienne. Elle semble aussi sur le fil de faire des bêtises, de gentils enfantillages. Elle a une frimousse à faire des sottises. Flora ne marche pas, elle sautille. Sa démarche est si gaie et entraînante, que l'on a envie de se caler sur son allure. J'ai l'impression qu'elle ne s'arrête jamais et cela donne de la vie à ma vie. Cette vie que je croyais finie, cette vie qui, après le départ de Rose, était devenue mélancolique et morose.

Ma peur du vide s'en est allée grâce à Flora et je me retiens de ne pas la remercier chaque jour, chaque minute.

Je me demande quand même pourquoi Flora, si jeune, passe tout son temps avec moi. Mais je ne lui dis pas.

Il y a des instants entre nous où le silence prend une place plus importante que les mots que nous échangeons. Ce ne sont pas des silences dérangeants, de ceux qui mettent mal à l'aise. Nos yeux, qui se regardent, remplacent nos mots, ils en disent autant, ils savent exprimer nos pensées, l'état de bien-être dans lequel nous sommes. Ce sont des plongées dans l'âme de l'autre et nous nous comprenons. Nous sommes même, plus que jamais, l'un avec l'autre, et plus encore. Nous étions deux âmes solitaires et nous nous sommes trouvés.

Ces silences existent et planent seulement entre nous. Car ils peuvent être entourés d'un fond de musique qui s'évade de ma vieille chaîne hi-fi que je n'avais pas utilisée depuis des lustres, ou du son que la télévision diffuse en sourdine. Certains bruits volent également autour de nos trêves sonores provenant du dehors. Une voiture qui passe dans la rue. Un chien qui aboie au loin. Le chat des voisins qui miaule sous une de mes fenêtres. Même le bruit du vent dans les arbres, lorsqu'il décide d'énerver un peu les feuilles, se mêle à nos silences. Ce sont les mêmes bruits que j'entendais dans ma maison vide quand j'étais seul.

Ce calme peut également régner pendant que nous partageons des repas, lorsque nous jouons aux cartes, quand l'un ou l'autre se pose pour s'absorber dans une lecture. Nous aimons ne rien dire. Mais à la minute où nous en avons envie, nous nous disons les choses, nous nous posons des questions, nous libérons nos pensées, nous le faisons en étant certains de ne pas déranger l'autre.

Nos journées passées à deux sont ainsi faites. Nous faisons connaissance. Nous nous apprivoisons. Elles se meuvent, du matin naissant au soir déclinant, dans une ambiance qui nous convient, une atmosphère paisible où nous nous sentons bien. Flora ne me demande pas de sortir, d'aller prendre l'air. Et je ne le lui propose pas. Je me dis que l'envie se fera savoir d'elle-même, lorsque le moment venu. Je me dis que cette aspiration à faire autre chose que de rester enfermés chez moi nous prendra d'assaut en même temps.

Parfois, le téléphone sonne. Il nous crie dans les oreilles plusieurs fois avant de se taire. C'est strident, c'est désagréable, car nous n'avons pas envie de l'entendre. Nous nous regardons alors et nous avons la même grimace comique qui s'affiche sur nos visages. Et je ne décroche pas ce fichu téléphone qui entrave notre bien-être. Intérieurement, je remercie cet appareil de nous offrir cet intermède expressif qui réveille nos zygomatiques. Je réalise que je me fais aux miennes, qu'elles me dérangent beaucoup moins. Je pense également que Rose aurait les mêmes si elle était encore là. Nos rides auraient été en harmonie. Je n'avais pas eu le temps d'admirer celles de Rose, de les trouver belles. La maladie les a empêchées d'arriver. Elles en avaient, mais c'était des rides de douleur. Elles me renvoyaient une idée de la maladie que je n'aime pas. Aujourd'hui, grâce à Flora, l'usure de mon âge s'immisce en moi, fait un chemin que je laisse aller à sa guise.

8

Il n'existe pas beaucoup de journées où Flora et moi ne nous voyons pas. Les petits déjeuners, les déjeuners, les dîners s'enchaînent. C'est une relation pleine de tendresse, d'instants où nous nous faisons du bien. C'est une amitié amoureuse et qui nous permet de ne pas être seuls, de ne pas finir mes vieux jours dans un isolement que beaucoup de personnes âgées connaissent. Et j'ai l'impression que Flora ne connaît personne d'autre que moi et qu'elle aime ma compagnie.

Les quelques heures nocturnes que nous partageons sont parsemées de tendresse, de gestes-caresses, de discussions murmurées. La chaleur de nos corps, assis l'un contre l'autre, réchauffe nos cœurs et mes derniers instants. Cela s'est fait naturellement, sans aucune question qui vienne hanter mon esprit. Ce n'est pas parce que je suis ancré dans ma vieillesse que je dois me priver de ces moments qui viennent alléger mes angoisses.

Durant mes moments avec Flora, je pense beaucoup à Rose. Son souvenir s'accentue lorsque Flora s'en va et doit être déjà endormie dans son lit, quand son souffle tiède et régulier se niche au creux de son oreiller.

Le fantôme de Rose m'apparaît dans la noirceur qui triomphe dans notre chambre. Elle est belle, lumineuse. Elle ne porte plus, sur son visage, les stigmates de sa maladie. Les joues creuses, le regard éteint, le gris de sa peau. Elle paraît plus jeune et je retrouve ma Rose d'antan. Elle me sourit et je sais qu'elle ne me reproche pas la présence de Flora à mes côtés, dans mes pensées. Elle comprend ce qu'il m'arrive et me donne ainsi son consentement. Rose ne reste jamais longtemps. Juste le nécessaire pour me transmettre son message à travers son sourire. Et lorsqu'elle disparaît, je peux rejoindre Flora au pays du marchand de sable.

Ce soir, après une soirée à regarder un vieux film en noir et blanc, confortablement installée dans mon canapé, Flora n'a pas envie de traverser la rue pour se retrouver seule dans son lit. Elle sombre sur mon canapé et je monte à l'étage, fatigué, en oubliant de fermer les volets.

C'est donc un soleil resplendissant qui m'a ébloui, à l'instant où les limbes du sommeil m'éjectent. Je descends dans le salon et je regarde Flora qui vient de se réveiller. Son air encore somnolant. Ses yeux brumeux qui, cependant, me sourient. Les plis du plaid dans lequel je l'avais enveloppée la veille au soir sont imprimés sur sa joue. Puis elle me murmure ses premiers mots de la journée. Sa voix est légèrement rauque et je trouve cela charmant. C'est une tonalité qui se marie bien avec son air endormi.

Flora me dit vouloir aller se promener aujourd'hui. Elle veut voir le soleil briller, sentir sa chaleur sur sa peau, voir son ombre sur les trottoirs de la ville. Elle souhaite que je l'accompagne, que nous partagions ce petit pèlerinage. Je m'imagine me caler sur son allure de sauterelle à travers les rues et les allées. Je nous vois déjà comme de joyeux compères que certains envieraient. Sa manière de me dire vouloir s'associer avec moi dans sa quête ensoleillée me touche et j'acquiesce sans prononcer une parole. Ce qui me touche encore plus, c'est cette envie que je partage. Je me suis réveillé en pensant à cela. Je savais que cet instant viendrait et que nous aurions ce désir d'extérieur en même temps.

Nous prenons, comme beaucoup de matins, un petit déjeuner qui régale nos estomacs. J'aime regarder Flora engloutir les croissants qu'elle adore, ceux que j'ai achetés à la boulangerie pendant qu'elle se préparait. J'aime aussi la voir savourer lentement son café par petites gorgées et entendre le léger bruit de succion qu'elle produit en gardant la tasse prisonnière entre ses lèvres. Elle porte de nouveau une jolie robe fleurie qui lui va bien. Je n'arrive pas à l'imaginer habillée autrement, dans un vêtement qui ne refléterait pas son âme colorée. La cuisine est lumineuse et les oiseaux au-dehors chantent leur joie de pouvoir s'égosiller. Nous entendons le quartier se réveiller, des voitures qui démarrent, une musique sortir d'une fenêtre ouverte. Nous sommes tous les deux excités à l'idée de notre première balade ensemble. C'est agréable de ressentir la même chose.

Une fois la table débarrassée, nous nous dirigeons de concert vers la porte d'entrée qui nous fermons à clé derrière nous joyeusement. Notre entrain à aller de l'avant vers cette belle journée qui nous attend se remarque dans nos pas légers, dans ma main qui tient tendrement celle de Flora, sur nos lèvres qui ne font que sourirent. Flora découvre le quartier qu'elle ne connaît pas encore très bien. Ses yeux traînent partout, sa tête ne cesse de tourner à gauche et à droite pour tout observer. Elle se retourne parfois et je suis obligé de la tirer vers moi pour éviter une collision avec un des arbres ou un des poteaux électriques qui ornent le trottoir. De temps en temps, elle se penche pour effleurer une petite fleur sortie au milieu d'une touffe d'herbes. Elle le fait délicatement pour ne pas l'abîmer. Le souvenir de Rose me traverse l'esprit pendant quelques secondes. Je la revois faire le même mouvement, mais la fleur se retrouvait immanquablement arrachée du sol et finissait dans ses cheveux ou à ma boutonnière. Elle fanait à une vitesse fulgurante et terminait sa courte existence au sol ou jetée dans la poubelle en rentrant à la maison. J'admire alors l'attention que porte Flora à celles que nous croisons et le regard qu'elle leur prête. Je pense qu'après ce qu'elle m'a révélé, mon regard sera également différent.

Nous longeons également la baie et Flora me demande de nous arrêter un instant et de se poser sur un banc face à la mer. Son regard se perd au loin, comme si elle regardait quelque chose à l'horizon, comme si elle ressentait cette chose que je ne vois pas. Elle se met à sourire et je l'imite alors que je ne connais pas la raison de ce contentement. Je ne lui demande rien d'ailleurs. Si elle souhaite m'en parler, elle le fera.

Flora et moi errons pendant quelques heures. Des heures que nous ne voyons pas défiler, qui nous comblent. Des heures où le soleil ne faiblit pas et nous accompagne pour les rendre encore plus belles. Nos pas dansants foulent le bitume et la fatigue ne se fait pas ressentir. Quelques boutiques nous accueillent, mais nous ne faisons que regarder, échanger nos goûts, discuter avec le personnel. Nous n'achetons rien, mais nous ne manquons pas, en sortant, lorsque nous faisons vibrer la clochette suspendue au-dessus de la porte, d'annoncer une prochaine visite. Nous nous sommes également arrêtés dans un café. Une petite table ronde et façonnée de marbre, calée dans un coin derrière la vitre, nous accueille afin de prendre un rafraîchissement. Nous profitons de cette pause pour investir quelques minutes les toilettes. Un match de football est diffusé sur l'écran au fond de la salle, mais nous sommes en retrait et le son ne nous parvient que faiblement. Nous voyons quelques hommes le regarder et trinquer lorsqu'un but est marqué. Nous les voyons applaudir, se donner une accolade dans le dos. L'ambiance est conviviale et agréable. Nous restons un peu pour nous reposer de notre balade avant de retourner errer dans le centre-ville.

En sortant de ce bistrot qui ne paie pas de mine, mais dont l'accueil est sympathique, nous passons devant un fleuriste qui, le beau temps étant au rendez-vous, a sorti sur la chaussée plantes et bouquets. Cette vue a belle allure, mais l'attitude de Flora change irrémédiablement. Elle baisse la tête, détourne son regard que j'ai le temps d'apercevoir. Il s'assombrit et la couleur bleue de ses yeux prend la teinte d'une mer déchaînée. Je la devine en colère. Et maintenant que je connais son secret, je sais pourquoi. Ses pas arrêtent de danser, son rythme se fait plus pressant. Je sens qu'elle veut passer son chemin le plus rapidement possible. La vue de ses fleurs aux tiges coupées, laissées à l'abandon dans des vases si loin de leurs racines, lui fait mal. Je pense qu'elle les imagine comme des personnes et qu'elle se projette à leur place.

Nous poursuivons donc notre chemin rapidement pour ne pas subir davantage cette vision qui lui fait horreur. Je compatis à sa douleur ressentie, même si je suis encore loin de souffrir comme elle, de ressentir ce qu'elle ressent. Peut-être que cela viendra et que, lorsque je me ferai à cette idée, ce genre de spectacle me sera tout aussi insupportable.

Nous décidons que notre promenade a assez duré. Flora retrouve sa bonne humeur sans évoquer sa morosité passagère. J'ai tenté vaguement d'en parler, mais elle a balayé, d'un geste de sa main, mon début de conversation, comme pour me dire de passer à autre chose.

Mais nos pas, pour rentrer à la maison, nous mènent devant le cimetière et la même attitude émane de nouveau de Flora. Une attitude qui fait jaillir ses larmes. Ce ne sont pas des sanglots, juste des gouttes qui s'échappent de ses yeux et glissent silencieusement, comme pour ne pas me déranger. Je vois également dans son regard une peur qui est plus forte que sa croyance en ce village qui l'attend. Cette fois, Flora me parle et un flot de craintes sort de sa bouche. Voir toutes ses tombes l'effraie. Elle pense à tous ces gens prisonniers de leurs cercueils, ensevelis à jamais. Elle pense à leurs corps qui ne sont plus qu'un tas d'ossements, à leurs âmes qui, selon elle, ne pourront jamais reposer en paix. Elle me dit sa peur de finir ainsi un jour. Et en entendant son effroi, je pense au mien. Nous avons, Flora et moi, la même phobie et nous ne sommes certainement pas les seuls. Elle m'avoue ne pas penser à ceux qu'elle laisse derrière elle lorsque son heure sera venue. Elle songe qu'elle ne sera plus là, qu'elle vivra dans le noir, qu'elle ne verra plus la lumière, que le soleil aura disparu pour elle et non pour les autres. Elle se dit que plus personne ne la verra et que, forcément, on l'oubliera. Elle a beau savoir que nous sommes seulement de passage ici-bas, cette pensée la terrifie, et elle n'arrive pas à l'accepter. Elle évoque de nouveau le village aux fleurs et me dit espérer y arriver au bon moment.

Flora est si triste en me disant tout cela que mon cœur se serre. Même si elle sait que mes craintes sont les siennes, je ne lui dis rien dans l'instant pour ne pas augmenter sa désolation. Mais je retiens mes larmes et, tout au fond de moi, je prie pour que le village où il fait bon mourir existe.

Je la regarde et je me dis qu'elle a le temps. Beaucoup de temps. Elle est si jeune. Par contre, ses paroles font écho à mes peurs, à celles que j'ai au plus profond de moi.

J'essaie de l'emmener plus loin afin de lui ôter de la vue ce maudit cimetière. Mais elle reste figée et ses pieds ne veulent pas lever l'ancre. Elle est comme enracinée dans le sol, comme coincée là par une chape de béton. Elle se statufie, elle ne sent pas mes gestes, elle ne m'entend pas. Je ne sais pas si cet état dure quelques secondes ou de longues minutes. Mais le temps où nous restons ainsi semble s'éterniser. C'est d'elle-même qu'elle finit par prendre ma main pour m'entraîner au loin.

Flora ne prononce pas un mot pendant le reste du trajet qui nous mène jusque chez moi. Elle doit ressasser l'agitation qu'elle ressent, qui doit la secouer. De mon côté, je ne pense qu'à une chose. La serrer dans mes bras, la consoler, lui faire oublier un instant tout ceci. Quand je la vois ainsi, j'ai envie de la rassurer, lui dire que je crois à son histoire et que c'est ainsi que nous finirons tous les deux. Et j'avoue que j'aimerais qu'elle me console également.

Lorsque nous arrivons devant ma porte, elle m'arrête d'un geste empreint de douceur. Elle pose ses lèvres sur ma joue. Ses lèvres qui me paraissent maintenant familières. Comme si je les avais toujours connues, comme si je ne pourrais plus m'en passer. Elle me sourit et ses yeux pétillent à nouveau. Elle ne restera pas dîner ce soir, elle a besoin d'être seule, de se remettre de ses émotions. Elle veut aussi que je me repose après notre longue promenade. Mais je ressens la crainte de ne pas la revoir. Une crainte que j'exprime. Elle me tranquillise en me disant que nous nous verrons le lendemain, que mon heure n'est pas encore arrivée.

9

Ce matin, mon réveil est nauséeux. Ma nuit n'a pas été sereine. Je reste prostré sous mes draps imbibés de ma sueur, des sueurs froides que je n'ai pas eues depuis quelque temps, depuis que je connais Flora. Le malaise s'installe en moi et me colle à la peau. J'aimerais passer à autre chose le plus rapidement possible, me lever pour vaquer à quelques occupations que ce soit, afin d'effacer cette nuit que je ne veux pas revivre en pensée. Mais je reste figé, comme en apnée, en pleine lévitation souterraine, comme un être éthéré par ses images nocturnes qui ne veulent pas s'en aller. J'aimerais laisser derrière moi cette léthargie cotonneuse, revenir dans mon corps pour le faire bouger, puis quitter ma chambre, lieu de mes cauchemars. Mais je reste en dehors dans mon enveloppe de chair, suspendu dans l'atmosphère de ma chambre qui sent la peur.

Ma résurrection se fait peu à peu, dans les brumes de mon sommeil encore hantées par mes rêves obscurs. Des rêves qui m'ont broyé. Car j'ai beaucoup rêvé cette nuit.

Des mauvais rêves entrecoupés par des épisodes d'éveils où je me sentais seul. Rose me manquait. Flora me manquait. Mon lit me semblait si grand sans elles. Ces deux femmes sont importantes et prennent tant de place dans ma vie. Je sentais le vide qu'elles laissaient par leurs absences. Rose s'endormait toujours contre moi, mais cela ne durait pas. Elle se retournait peu de temps après s'être endormie en laissant un espace vide entre nous deux. Je sentais son dos me frôler et m'apporter quand même une certaine chaleur. Car son corps était toujours chaud pendant qu'elle dormait. Lorsqu'il m'arrivait de me réveiller à plusieurs reprises pendant mon sommeil, je me retournais et je regardais son dos. Je l'effleurais avec tendresse, puis je la prenais dans mes bras, l'entourais de mon corps, lui offrais un cocon où elle dormirait bien. Je ne sais pas comment Flora se comporte dans son sommeil. Sa nuit a-t-elle été hantée par nos peurs de la journée d'hier, à invoquer mes affres inquiétantes et vertigineuses ? Ont-elles ressurgi dans rêves agités ? C'était tellement épouvantable que ma nuit s'est déroulée dans un désordre où je me suis noyé.

C'était comme si j'étais tombé dans un océan en pleine tempête et les vagues me frappaient successivement, les unes après les autres, sans jamais vouloir arrêter leur bal furieux. Et ces vagues prenaient, à tour de rôle, l'apparence de Rose ou de Flora. Toutes les deux m'offraient, des visages appartenant au royaume des morts. Même si j'étais profondément endormi, que ce cauchemar envahissait tout mon inconscient, je me demandais ce que Flora faisait là. Ce n'était pas sa place, car sa place en ce moment devait être dans son lit, cloîtrée dans sa maison, à l'abri de ce qu'elle rejette le plus au monde. Et elle est tellement loin d'atteindre sa dernière demeure.

Le visage de Rose était dans un état de décomposition avancé. Cela faisait tant de temps maintenant qu'elle appartenait au monde macabre qui grouillait sous terre. Des lambeaux de sa peau pendouillaient hideusement dans une complète anarchie. Et derrière cette putréfaction, elle était méconnaissable. Je savais pourtant que c'était elle. Je le ressentais. Ses yeux avaient disparu et seuls deux trous noirs me regardaient, deux orbites funestes qui me fixaient intensément, d'une telle façon que j'avais l'impression qu'ils voulaient pénétrer mon âme. L'angoisse me tiraillait, j'avais envie de détourner mon regard pour échapper à cette vision, mais je n'y arrivais pas. Ses bras décharnés avaient l'air de s'allonger vers moi. Ses mains, qui n'étaient plus qu'ossements, prenaient la forme de serres essayant de m'attraper. Elles effectuaient des mouvements pour m'attirer à elle, des gestes répétés. Le reste de son corps restait immobile. Même sa bouche, privée de lèvres, où seules ses dents noircies par la boue qui devait s'être insinuée dans son cercueil ne remuaient pas. Néanmoins, j'entendais Rose me parler. Ou plutôt, je savais qu'elle me parlait et je la comprenais. Car les sons qu'elle produisait étaient un magma de borborygmes. Rose ne me disait qu'une seule chose, des mots qu'elle répétait inlassablement. Elle me disait de venir la rejoindre, que là où elle était, le monde était merveilleux, qu'elle s'y sentait si bien, que les ténèbres lui allaient parfaitement. Elle rajoutait que, si je me ralliais à elle, je ressentirais la même chose, sans aucun doute. J'avais envie de la rejoindre, de la retrouver, mais son aspect fétide me dégoûtait, me donnait la nausée.

Le visage de Flora était différent. Il commençait à changer, à appartenir à l'après, à se détériorer. Ce n'était pas encore très prononcé, mais il perdait sa couleur, devenait livide. Ses yeux étaient encore là. Cependant, ils ne reflétaient plus aucune étincelle de vie. Flora avait du mal à se mouvoir, car son corps subissait la rigidité cadavérique. Elle avait l'air horrifiée par ce qu'elle vivait. Ses traits exprimaient l'horreur, la peur, la fatalité de ce qui lui arrivait aussi. Elle semblait au bord du désespoir et, contrairement à Rose, sa bouche ne formait pas un sourire aux contours estropiés, mais avait les contours tordus évoquant un long cri de douleur. Un cri atroce qui paraissait ne jamais vouloir cesser. J'avais envie de lui prendre la main et la tirer vers moi pour qu'elle revienne dans le monde des vivants, là où j'étais, là où elle devrait encore se trouver. Ce n'était pas ainsi qu'elle devait finir. Je devrais voir une jolie fleur au lieu de cette chose qu'elle était en train de devenir. Flora tendait difficilement ses bras vers moi, je sentais toute sa détermination pour que je m'approche. Elle voulait me dire des choses, me serrer peut-être une dernière fois dans ses bras, me prévenir du danger de partir ainsi. Ses lèvres avaient commencé à bouger, mais aucun son n'en sortait. C'est pourquoi son expression traduisait sa hargne. J'essayais de lire sur ses lèvres, de deviner ses mots silencieux. Je n'y arrivais pas, alors j'imaginais. Flora tendait un doigt vers Rose et j'interprétais son message.

— Ne l'écoute pas Philibert ! Ce n'est pas un monde merveilleux, nous ne trouvons pas la paix ici. Regarde ce qu'elle est devenue ! Regarde-moi ! Je vais devenir comme elle et j'imagine que tu n'as pas envie de devenir comme nous. C'est horrible ici et c'est tellement douloureux. Mon corps est au supplice. J'ai de plus en plus de mal à penser avec cohérence. Je dois te dire tout ça avant de penser comme elle. Il n'y a pas que cet endroit pour disparaître et continuer notre existence après la mort. Il est trop tard pour moi, mais pas pour toi, Philibert. Il faut que tu trouves le village dont je t'ai parlé. Trouve-le avant qu'il ne soit trop tard. Je te le répète, ne viens pas. Adieu Philibert !

Puis je l'ai vu s'éloigner. Je la regardais partir et son adieu résonnait à mes oreilles. Je regardais Rose également. Une Rose qui semblait en colère, car je ne venais pas vers elle.

C'est à ce moment-là que je me suis réveillé. Ce moment où Flora me disait adieu, où je voyais Rose qui n'était plus Rose. Et je savais au fond de moi que, si je mourais avant d'avoir atteint le village aux fleurs, je serais comme Rose. L'horreur claustrait mon cœur. Mon réveil n'était qu'une terrible sensation qui me retournait les tripes.

Je suis toujours dans mon lit, encore perplexe, fatigué, épuisé même. Comme si je n'avais pas dormi. Je revis mille et une fois ce terrible cauchemar dans ma tête. Je n'y crois pas. Il ne peut pas prédire une chose que je me refuse d'imaginer. Il faut que j'éloigne cette pensée. Je vais bien, j'en suis certain. Il ne peut pas en être autrement. Quant à Flora, elle a encore le temps. Ses vieux jours sont loin.

Malgré la confusion dans laquelle je me trouve, je me lève. Je suis pressé de passer à autre chose. Puis je me dis que Flora va peut-être arriver à un moment ou à un autre de la journée. Elle me fera la surprise d'être encore là. Je dois être prêt pour l'accueillir. Je n'ose pas attacher d'importance à l'arrière-goût que me laisse ce très mauvais rêve. Un arrière-goût d'anticipation. Je n'ai jamais cru aux rêves prémonitoires et il ne faut pas que cela commence maintenant. Cela ne peut pas être réel.

Mon cœur va exploser.

J'ai préparé un petit déjeuner pour Flora et elle ne vient pas. Le café refroidit et les croissants trônent au centre de la table de la cuisine, privés de ma jeune amie pour les engloutir. Le carillon de la sonnette ne se manifeste pas. Il ne résonne pas dans la maison, ne fait pas entendre son joyeux tintement. Je m'impatiente, je fais les cent pas. Je les fais d'abord dans la cuisine. Mais, bientôt, je vais les faire dans le salon. Puis j'investis l'entrée et je tourne en rond dans cet espace où je me sens à l'étroit. J'ai l'impression d'étouffer. Je vérifie que la sonnette fonctionne. Plusieurs fois. Je sors, j'appuie sur le bouton. Elle marche à merveille et cela me désespère. Je suis déçu, car cela veut dire que Flora ne s'est pas trouvée derrière la porte à sonner vainement. Le temps qui passe est péniblement supportable. Je peine à résister pour ne pas courir chez elle et voir de mes propres yeux que tout va bien.

    Je retourne dans la cuisine et tente de me calmer. Je refais du café et j'en bois plusieurs tasses. Puis midi arrive. Je jette ce qui reste de la cafetière dans l'évier. Je ne touche pas aux croissants, je n'ai pas faim.

    Les heures continuent à avancer et toujours pas de Flora. Au fond de moi, je panique, mais je ne craque pas. Si elle n'est pas là, c'est qu'elle ressent le besoin d'être seule, de se reposer, de faire autre chose que tenir compagnie à un vieux monsieur. Je regarde souvent par la fenêtre. Mais je sais que c'est inutile, car je ne vois pas sa porte d'entrée d'où je suis. Le gros chêne la cache et je ne peux pas voir si elle s'ouvre, si Flora s'en échappe.

    L'heure du déjeuner passe sans que j'avale quoi que soit. Mon estomac est noué, il ne ressent pas la faim. Je n'ose plus regarder l'heure affichée sur le four à micro-ondes. J'espère seulement que le temps, que je trouve si long, s'accélère. J'attends ainsi toute la journée et mon angoisse monte au fil des heures. Elle est à son comble lorsque le jour décide de tirer sa révérence. Je ne veux pas encore céder à la panique en me précipitant chez Flora pour voir si tout va bien, la voir de mes propres yeux. Mais je sais déjà que je ne vais pas tenir. J'essaie néanmoins de me retenir.

Le soir est arrivé, avec la lumière qui décline, avec ses ombres qui se dessinent. Mon corps est tendu, même si je me refuse à imaginer le pire. Que Flora s'évapore, qu'elle n'ait été qu'une joie éphémère. Pourtant, ma nuque me fait mal, mon estomac est à l'envers, j'ai la gorge de plus en plus nouée, j'ai les mains qui tremblent, les paumes qui deviennent moites. J'ai repris mes cent pas malgré mes jambes en coton et j'essuie sans cesse mes mains sur mon pantalon. Et lorsque le noir s'installe totalement, je succombe à l'affolement. J'enfile à la hâte mon manteau et je me précipite dehors. Je cours en évitant le gros chêne, en frôlant les murets devant les autres maisons. Je sème derrière moi la sueur de mon affolement. Quelques phares me dépassent, m'éblouissent. Mais ils ne me gênent pas, car mes yeux regardent au-delà. Juste quelques mètres pour arriver chez Flora. Je scrute ce proche horizon. Je voudrais déjà y être, constater qu'elle est toujours là. Mon cauchemar est toujours présent et il faut que je la voie, que je la touche, que je l'entende, pour être certain qu'il s'agissait d'un horrible cauchemar, d'une farce de mauvais goût.

J'arrive enfin devant sa maison. Mon cœur bat la chamade, une chamade affolée, terrifiée. Ma respiration est courte et m'irrite la gorge. Il faut que je reprenne mon souffle avant d'aller frapper à sa porte, avant d'affronter, peut-être, une chose que je crains terriblement. Puis mon rythme cardiaque se calme d'un seul coup. Je ne vois pas sa camionnette. Elle a simplement dû s'absenter, aller voir des amis peut-être. Et au même instant que cette pensée traverse mon esprit, je vois son véhicule arriver et se garer devant chez elle. Flora est revenue.

Elle est là devant moi. Elle va bien. Toujours souriante. Toujours sautillante. Toujours pleine de vitalité et de joie de vivre. Toujours heureuse de me voir. Elle me prend dans ses bras et je vais beaucoup mieux.

10

Cette nuit est si douce. Un peu fantomatique. Un peu surréaliste. J'en oublie la nuit précédente et mes moments de somnolence se passent sur un nuage qui navigue tranquillement dans le ciel. Cette fois-ci, elle est différente. Elle n'a pas le parfum de mes peurs et cette essence de sérénité intensifie la tendresse que nous nous offrons. Ce parfum a également un goût d'éternité, comme si cette nuit sera peut-être la dernière.

Mes derniers pas avant d'être face à Flora s'étaient allégés, étaient presque devenus dansants. Je lui avais ouvert la portière avant même qu'elle ne sorte de la camionnette. Elle avait remarqué mon visage fatigué, les traces de mes larmes. Me faisant face, Flora m'avait regardé. Et pour dissiper mon état alarmant, elle m'avait nargué un peu avec son sourire malicieux. Elle avait vu qu'elle m'avait manqué, que j'étais inquiet de son absence.

J'étais tiraillé entre la gronder avec gentillesse de m'avoir fait paniquer et lui avouer mon grand soulagement de la savoir revenue. Si son arrivée, au moment même où j'atteignais le pas de sa porte, n'était pas survenue, je ne sais pas comment j'aurai réagi. Mais je ne lui avais rien dit. J'aurais peut-être cogné contre sa paroi de toutes mes forces ou donné un léger coup de sonnette annonçant une simple visite. J'aurais peut-être choisi de frapper quelques coups, pas trop forts, mais assez puissants pour être sûr d'être entendu. Si j'avais perçu des pas, mon cœur se serait gonflé de soulagement. Mon cauchemar aurait bel et bien été du domaine du rêve et n'aurait pas été prémonitoire comme je le craignais. Le nœud que j'avais dans le ventre depuis le matin aurait disparu comme par magie.

Voilà tout ce qui se passait dans ma tête pendant que mes bras ne la lâchaient pas. Mais mes élucubrations avaient fini par s'arrêter, car il était si bon de l'avoir retrouvée. Intérieurement, je me traitais d'idiot. Juste quelques heures sans Flora et me voilà dans tous mes états.

Flora me regardait, s'excusait de son silence, de sa disparition provisoire. Elle m'avait raconté sa nuit où elle ne faisait que penser au cimetière, au kiosque à fleurs. Elle s'était réveillée fatiguée et avait ressenti le besoin de s'évader, de se changer les idées. Je balayais d'une main ses propos en lui disant que ce n'était rien, qu'elle n'avait pas à se justifier. Je minimisais mon inquiétude de ne pas la voir, de ne pas avoir de nouvelles. Je m'étais habitué à sa compagnie chaque jour depuis quelque temps. Mais je ne soufflais aucun mot de mon cauchemar où elle se trouvait dans ce lieu que je craignais tant, où je la voyais morte.

Flora m'avait demandé d'attendre dans la cuisine pendant qu'elle s'apprêtait, qu'elle préparait un petit sac. Elle allait passer la soirée avec moi, la nuit chez moi. Elle n'avait pas mis longtemps et nous nous étions vite retrouvés dans la rue. Nous avions marché lentement, comme si nous faisions une promenade au clair de lune. Je sentais sa main dans la mienne, une main que j'agrippais fermement de peur de voir Flora s'envoler. Lorsque nous sommes arrivés chez moi, nous avions directement pris le chemin de ma chambre. Il était très tard et nous étions épuisés. Flora avait attendu que j'enfile mon pyjama, puis elle m'avait bordé dans mes draps, comme un enfant. Mais elle ne m'abandonnait pas pour descendre dormir sur le canapé. Elle m'avait demandé si elle pouvait s'allonger près de moi. Elle avait précisé qu'elle garderait ses vêtements. Cela m'avait fait sourire. Je la trouvais attendrissante. Elle avait ôté ses ballerines et s'était blottie contre moi. Elle n'avait pas mis longtemps à s'endormir.

Plus rien n'avait d'importance, plus rien n'existait. Seul cet instant comptait. J'avais décidé de laisser mes angoisses derrière la porte. Je voulais profiter de ce tendre moment, car je ne savais pas de quoi demain sera fait. Et surtout, je ne voulais pas m'égarer dans mes sombres pensées et gâcher ce moment intime. Je voulais être entièrement avec Flora.

Le jour s'est levé et nous restons l'un près de l'autre.

Nous échangeons quelques phrases avant de nous lever. C'est une étrange conversation, pleine de mélancolie. Nous disons les mots qui débordent de nos cœurs. Des mots tristes que nous évacuions, que nous expulsons hors de nous, des mots transcrivant nos pensées les plus chagrines. Ces pensées que nous avons laissées de côté pendant notre nuit. Une nuit pour enlever le gris de nos vies. Des heures satinées qui ont empêché que les draps soient glacés. Une nuit qui égaie mes jours opaques chargés de grisailles, qui dépose du soleil dans la journée à venir. Une nuit qui enflamme la lumière pour qu'elle ressemble à un soleil doré. Une nuit qui me fait oublier mes douleurs et mes peines me fait croire que mes jeunes années sont revenues.

Je regarde Flora et je la vois comme une étoile qui éclaire la fin de ma vie qui s'efface, le rouge de mes blessures passées. Mon cœur palpite et cela me semble vital. Je le sens battre pour elle, pour Rose et pour moi. Ses battements sont au bord de mes yeux, mes yeux qui ne quittent pas Flora, mon regard qui est ancré à elle.

Une douce chaleur m'envahit et rend mon émoi frémissant. Je ne pense pas à l'amour physique, mais aux sentiments qui nous unit. Je sens le souffle de Flora contre mon cou, j'imagine ses ronronnements que je n'entends pas. Et soudain, mes sanglots, certainement retenus depuis que nous nous sommes retrouvés tout à l'heure, lâchent prise également. Mais ce sont des larmes faites pour apaiser. Ce sont des gouttes de tendresse qui glissent sur mes joues, dans mon cou. Elles s'écoulent tranquillement. Elles ont la douceur d'une eau calme et limpide. Flora les essuie en caressant mon visage, en déposant un baiser sur ma pommette. Elle boit mes larmes saveur salées. Je ressers mes bras autour d'elle. Je l'enveloppe comme le ferait un papier de soie sur une belle étoffe. Et, tout en ne desserrant pas mon étreinte, je frôle son dos, le creux de ses reins. Dans le noir, un léger sourire se dessine sur mes lèvres, car j'aime ce moment.

Notre abîme à l'apogée de la nuit se passe dans un monde cotonneux et loin de tout souci. Mes gestes caressants ne cherchent pas son intimité comme je l'aurai fait avec Rose. Car ce que j'éprouve se trouve bien au-delà. C'est un plaisir qui ne peut pas se comparer ni rivaliser, avec les actes charnels que j'ai pu avoir dans ma jeunesse. Comme avec Rose pendant nos années de mariage, avant qu'elle se fatigue, bien avant qu'elle tombe malade.

J'avais oublié à quel point ces moments de tendresse sont bons, porteurs d'une grande félicité.

Et cette tendresse de cœur peut arriver à tout âge.

11

Nous n'avons pas envie de rester enfermés. Et une autre promenade à travers le quartier et la ville ne nous dit rien non plus. Le soleil brille, les oiseaux chantent, l'air sent bon les prémices du printemps et nous voulons profiter de ce que la nature nous offre.

Nous décidons de nous éloigner, d'aller plus loin. Pour ne voir que la verdure et entendre les chants de la campagne. Nous voulons effacer la ville de notre champ de vision et ne pas supporter sa clameur.

C'est la première fois que la camionnette de Flora m'accueille et je trouve le siège passager douillet, un moelleux que j'apprécie. Nous nous installons, puis ma jeune amie démarre. Le moteur fait entendre son ronflement qui ne va pas nous quitter durant tout le trajet. Je lui ai proposé de prendre ma voiture, mais Flora m'a dit adorer son petit fourgon et aimer conduire.

Nous regardons les paysages qui défilent et nous échangeons de temps en temps des regards. Nous nous sourions. Nous sommes bien. Nous sommes heureux de cette balade improvisée. Les yeux de Flora pétillent et elle chante sur la musique que diffuse l'autoradio. Elle m'entraîne avec elle et je me mets également à fredonner. Nous sommes comme deux joyeux drilles et nous voyons les derniers bâtiments appartenant à la ville s'estomper pour disparaître derrière nous. Peu à peu, c'est la campagne qui les remplace. Une campagne qui, au début, abrite des zones d'activités, puis des exploitations agricoles et des fermes, pour enfin n'héberger que la nature, sa faune et sa flore. Une nature où nous allons nous évader, où nous allons pouvoir respirer le grand air. Mais il faut encore attendre un peu avant d'arriver là où nous voulons aller. Trouver un endroit calme et profiter de cette sérénité que nous recherchons tous les deux.

Durant ce cheminement, entre le temps passé à regarder l'horizon et le temps passé à m'amuser à chanter en compagnie de Flora, celui-ci n'existe plus et nous ne le voyons pas passer. Seuls nous accompagnent des artistes d'une autre époque que nous entendons et que nous essayons d'imiter. « Le temps des cerises », « Les feuilles mortes » et même « La belle de Cadix » envahissent l'habitacle où nous sommes enfermés pour le moment. Je regarde Flora avec enchantement. Elle est si jeune et elle connaît les paroles par cœur. Ces airs de mon passé sont un bonheur que j'avais oublié. Et l'abandon de la ville, du béton, des pots d'échappement, du bruit toujours présent, l'est également.

Nous nous arrêtons au croisement de deux chemins. Là où un calvaire est partiellement dissimulé par de hautes herbes, des feuilles de lierre et quelques longues branches d'arbres avoisinants. Une poussière dorée s'envole, se mêle aux ondulations provoquées par la chaleur naissante. Nous trouvons le lieu paisible et il nous convient.

Flora et moi prenons un des deux sentiers au hasard, un peu au gré de nos pas qui avancent sans réfléchir, sans trop regarder où ils vont. Nous nous enfonçons plus profondément dans la campagne. D'une main, je porte le panier contenant un pique-nique préparé le matin. L'autre tient celle de Flora que je ne lâche pas. Nous longeons un sentier bordé d'un fossé envahi de ronces et de mûriers. Les petits fruits sauvages ne verront le jour qu'à l'aube de l'automne. Elle me regarde en me disant avec un sourire gourmand.

— Nous reviendrons peut-être en cueillir, Philibert. J'adore les mûres !

J'acquiesce. Je ne peux que lui faire plaisir. Puis elle se tait en regardant partout autour de nous, sans en perdre une miette.

Un de mes souvenirs s'éveille que je ne raconte pas à Flora. Je lui narrerai cet épisode de ma vie un peu plus tard. Ce sont des traces d'enfance où je cueillais des mûres qui n'avaient pas le temps d'atterrir dans le tablier de ma mère pour ensuite finir dans le panier qui nous attendait de l'autre côté du fossé. Je les avalais toutes, une par une, sur un rythme rapide et régulier. Une fois à la maison, j'avais la bouche barbouillée de jus violet et notre petit vendangeoir était vide. Lorsque j'évoque ce souvenir à Flora, il lui déclenche un rire qui illumine son visage. Un éclat qui se reflète sur ses lèvres et dans ses yeux.

Notre errance nous fait quitter ce chemin et nous arrivons à l'orée d'un pré qui descend en une pente légère. Cela nous mène à un petit cours d'eau. C'est très joli. D'un côté, il y a un bois sombre qui cache l'horizon. De l'autre se trouve un muret construit de pierres irrégulières. Il délimite un verger où des pommiers en fleurs s'étendent sur plusieurs mètres. Le blanc et le rose des pétales se mélangent avec une délicatesse infinie et nous sommes tous les deux sous le charme de ce gracieux paysage. Cela fait longtemps que je n'avais pas mis les pieds à la campagne et, en voyant cela, je le regrette.

Nous descendons tout près du ruisseau où loge un gros noisetier sous lequel nous nous abritons du soleil. Je déplie, à l'ombre de ses branches, une grande nappe à carreaux rouge et blanc. Un de mes rêves est en train de se réaliser et je sens mon cœur se gonfler de bonheur. Nous allons nous installer là pour le déjeuner. Je pose le panier et j'étale nos victuailles au centre de notre table improvisée. Je sors deux verres, ainsi une bouteille de vin, et nous étrennons notre premier pique-nique, nous trinquons aux prochains que nous espérons.

Tout en sirotant notre vin, nous restons silencieux et écoutons l'ambiance qui nous entoure. Nous sommes si près de l'eau que son clapotis nous chante sa ballade et que nous pouvons voir nos reflets sur sa surface ondoyante. Nous formons un joli tableau et j'imagine un peintre devant son chevalet, posté un peu plus loin, faisant une esquisse de notre couple dépareillé profitant de ce que la nature lui offre.

Flora déjeune avec appétit. Elle croque la nourriture à pleines dents comme elle le fait avec la vie. De mon côté, je picore ici et là. Je n'ai pas très faim et je passe plutôt mon temps à regarder les alentours, à apprécier cet instant. Je le lui dis.

— C'est vrai que c'est un bel endroit, me dit Flora. Je suis également contente de notre décision de s'éloigner un peu de la ville. Le paysage et le calme valent le détour. Il faudra recommencer, Philibert.

Elle sourit en disant cela et je suis déjà pressé d'organiser une autre escapade.

Une fois notre pique-nique terminé, Flora se couche dans l'herbe. Elle ferme les yeux et expose son visage au soleil qui nous inonde. Elle respire à pleins poumons l'air et le bonheur d'être ici. En la regardant, je pense aux dernières semaines de Rose quand elle s'allongeait sur la chaise longue dans le jardin. Elle faisait la même chose. Une onde de tendre tristesse me traverse. J'ai l'impression que Flora s'est endormie. Mais elle est peut-être simplement dans ses pensées. Je m'allonge près d'elle sans la déranger, mais je reste les yeux grands ouverts. Je regarde le ciel, les feuilles du noisetier qui bruissent doucement à cause de la brise. J'entends le bruit d'un tracteur au loin qui sillonne les champs. J'écoute également les oiseaux. Ils sont dans les arbres, en train de chanter, en train de s'égosiller. À cette époque de l'année, les nids sont faits, les œufs ont éclos. Et, bientôt, les jeunes couvées iront d'arbre en arbre, accompagnées de leurs parents pour trouver de quoi becqueter.

L'après-midi se déploie ainsi, avec Flora à mes côtés et cette agréable musique campagnarde. C'est un moment apaisant, dépaysant.

Flora émerge de sa sieste qui n'en était pas vraiment une. Juste un assoupissement qui a duré une bonne heure. Elle écoutait, elle prenait le temps, en silence, et un peu égoïstement, d'apprécier cette pause savoureuse. En tournant la tête, elle aperçoit les fleurs mêlées à l'herbe encore verte. Je vois ses pupilles pétiller, ses yeux s'émerveiller, son regard s'attendrir devant ce spectacle. Elle tend une main et se met à caresser les pâquerettes qui forment comme une couverture autour de son corps allongé. Puis ses lèvres commencent à bouger, à former des mots que je ne peux pas entendre. Elle leur parle en secret, des paroles mystérieuses destinées qu'aux fleurs. Je me lève et je m'éclipse un peu plus loin pour lui laisser cet instant d'intimité.

Je sens qu'il est important pour elle et qu'il semble confidentiel. Elle ne souhaite pas forcément le partager avec moi. Pendant ce temps, je m'assieds au bord du ruisseau et je glisse mes doigts dans l'eau fraîche. Je forme des vaguelettes, des petites arabesques sinueuses qui se font et se défont. J'attends que Flora ait terminé son rendez-vous avec les fleurs.

Puis, je la sens derrière mon dos. Son entretien est terminé et elle m'a rejoint. Je me tourne, la regarde tendrement, lui souris timidement. Je lui propose de bouger, d'aller se promener un peu plus avant, puis de reprendre la route et de rentrer en ville. Le temps du trajet et le jour déclineront. Mais elle décline mon invitation à aller ailleurs. Elle veut encore rester un peu parmi les fleurs et écouter le bruit reposant du ruisseau. Je ne dis rien, j'accepte. Je la sens bien ici et elle sourit. Nous demeurons donc encore un peu et je ne me lasse pas de regarder Flora, heureuse et sereine.

Le retour se fait silencieusement, mais elle pose de temps en temps sa main sur la mienne. Je sens que le cœur y est, qu'elle aime mon contact. C'est une compensation qui me fait chaud au cœur et me fait espérer davantage le village aux fleurs dont elle me parle régulièrement.

La camionnette se gare devant sa maison et j'accompagne Flora devant sa porte. Je lui souhaite une bonne nuit, pleine de jolis rêves. Je sais que les miens le seront. Elle me fait comprendre qu'elle est là pour moi, même de l'autre côté de la rue, que je peux venir la voir si j'en ai besoin. Je pose un léger baiser sur sa joue, non loin au coin de ses lèvres et je la serre dans mes bras avant de lui tourner le dos pour partir seul, la laisser seule, être seul.

Avant de me voir disparaître, Flora me touche le bras et me murmure un doux au revoir.

12

Flora n'est pas partie. Pas comme je le pensais. C'est vrai qu'elle ne m'a pas prévenu, qu'elle ne m'a pas averti. J'ai tellement eu peur qu'elle n'ait été qu'un petit tour dans ma vie et puis s'en va. Avant elle, j'étais malheureux, anéanti. Je me sentais inexistant, vidé. Elle est devenue tant pour moi. Elle est la bouée qui m'a sorti la tête hors de l'eau. Elle est comme un petit verre de digestif qui réchauffe l'œsophage. Une seule gorgée de Flora égaye ma journée. J'aime l'ivresse qu'elle me procure. Elle a su retirer le goût de malheur que j'avais dans la bouche et qui restait coincé au fond de ma gorge.

Flora n'est pas morte non plus, alors que j'ai eu cette crainte terrible à cause de cet effroyable cauchemar. Cette journée printanière parmi les champs et les fleurs n'a pas signé notre adieu. Le soir, elle m'a simplement dit au revoir. Et je sentais, en la regardant, que j'allais la revoir les jours prochains. Nous avions passé une si belle journée que je suis rentré chez moi le cœur léger. Et sans ce terrible cauchemar, je ne pense pas que j'aurai paniqué.

Je suis rentré chez moi du soleil plein le cœur, des images plein la tête. Notre journée a été magnifique et le calme environnant a apaisé nos spectres. Flora est Flora. Ses traits reflètent la légèreté et l'insouciance que j'aime tant. Puis son sourire me rassure, enlève de mon esprit l'anxiété de la quitter. Ma nuit fut sereine, sans aucun mauvais rêve, sans aucun réveil empreint de sueurs froides. À mon réveil, je sais que Flora n'est pas loin. J'imagine qu'elle a envie d'un face à face avec sa jeunesse. Je décide donc de ne pas rester dans l'attente, de faire en sorte de m'occuper afin de ne pas trop ruminer. Elle reviendra à moi quand elle en aura envie et je serai là.

La matinée passe entre un petit déjeuner copieux, du rangement et un peu de ménage. Vers midi, je prends un repas sur le pouce avant d'aller au supermarché du quartier pour remplir mes placards et mon réfrigérateur. Je me suis également acheté le journal, quelques magazines d'actualité et des mots croisés, ainsi qu'un roman policier dont le résumé me donne envie. Je passe donc mon après-midi à lire les nouvelles du jour et je commence à me plonger dans une intrigue qui se déroule dans les paysages enneigés des contrées du Nord. Les heures avancent plus vite quand nous avons l'esprit ailleurs. Je souhaite vraiment m'évader ailleurs, dans une fiction loin de moi. Malgré des meurtres, des morts, ce que je lis ne me fait pas penser à la fin, à la disparition de Rose, à son corps qui se décompose.

J'ai lu pendant plusieurs heures et mes yeux ont fini par se fermer sans que je m'en rende compte. Lorsque je me réveille, la journée arrive déjà à son terme et la soirée s'installe. Le ciel devient opaque, le silence dans le quartier surplombe d'autres bruits lointains. Quelques rares voitures passent encore dans la rue, mais les enfants ne jouent plus dehors et je n'entends plus les oiseaux.

Je reste quelques instants immobile, le regard cristallisé, sans fixer quoi que ce soit, perdu dans le vide, enregistrant ce silence, prenant conscience de la fin de cette journée. Mes lunettes gisent au bord du canapé, résistant fébrilement à l'appel du vide, à l'attraction du sol. Elles ont glissé de mon nez pendant ma sieste. Ma vision est donc floue et c'est mieux ainsi. Je n'ai pas envie de voir les détails. Je ne veux pas revenir à la réalité. Je souhaitais simplement continuer à naviguer dans les brumes de mon éveil. Je suis suspendu entre deux mondes et c'est une sensation agréable. Je vois un temps surréaliste avancer, se désintégrer. Figé ainsi, je ne bouge pas pendant quelques instants, perdu entre rêve et réalité.

Je me lève enfin du canapé et je me sens comme ivre. Je suis dans le flou, l'esprit embrouillé, les gestes lents et mal assurés. C'est avant tout un brouillard mental où mes idées ne sont pas vraiment claires, où je suis incapable de me remémorer les instants avant de m'être endormi. Je suis comme une enclume, comme attiré vers le bas, les pieds cloués au sol. J'essaie de les soulever, l'un après l'autre, pour avancer en direction de la cuisine où je souhaite aller. Ma progression est quasiment stagnante, profondément languissante. J'ai l'impression qu'il va me falloir une éternité pour atteindre mon but. Le trajet me semble indécis et les objets, les meubles sur mon chemin, paraissent se mouvoir. Tout est en mouvement, chaque chose a l'air de léviter autour de moi. Mais c'est moi qui bouge. Et je tangue tellement que c'est la sensation que j'ai. J'en ai le tournis.

J'arrive cependant à atteindre l'évier de la cuisine et à me saisir d'un verre abandonné dans l'égouttoir à vaisselle. C'est un joli verre à pied en cristal appartenant à un service qui a péri au fil des années. Les autres pièces ont disparu les unes après les autres. Il reste seul désormais et je m'en sers de temps en temps lorsque l'envie d'un verre de vin en solitaire me prend. Un verre qui n'arrive pas à tenir prisonnier entre mes doigts, qui glisse avant que je m'en rende compte, qui se brise à mes pieds. Un verre qui fait tant de bruit en explosant sur le carrelage que je retrouve mes esprits soudainement. Le brouillard qui m'enveloppe se dissipe comme par magie. Je regarde le sol et je suis étonné qu'un simple verre puisse générer autant de morceaux. Ils sont éparpillés sur une grande surface et rayonnent de leurs feux cristallins. Les lumières artificielles de l'extérieur arrivent par la fenêtre. Elles s'y reflètent et m'aveuglent. Les reflets intenses me font mal aux yeux. Je ne me baisse pas immédiatement pour ramasser tous les minuscules fragments parsemant l'espace. Je reste tout simplement là, comme hypnotisé par tous ces éclats scintillants. On dirait un déluge de diamants, un essaim de strass.

Je n'ai aucune idée du temps resté ainsi à fixer mon joli verre en cristal qui m'a échappé, qui ne ressemble plus à rien, qui s'est dissous sur les carreaux de la cuisine. Mais lorsque je me réveille de cet état léthargique et que je me baisse pour ramasser les morceaux de verre, je ne fais pas attention. Je n'ai aucune délicatesse pour réparer les dégâts. Et, inexorablement, je me coupe. Une vilaine entaille dans la peau qui se met à saigner sans tarder. Un filet rouge sombre coule de mon index, sillonne autour de mon doigt, se fraye un chemin vers ma paume avant de tomber, goutte par goutte, pour aller profaner les débris chatoyants de mon défunt verre. Et les diamants au sol se transforment en rubis. Des rubis que je veux abandonner pour aller retrouver mon canapé qui a dû conserver la chaleur de mon corps, la chaleur du réconfort. Je me dis que je ramasserai plus tard. Mais je continue un peu à regarder les dégâts. Les éclats de verre me semblent si nombreux. J'en vois des milliers et je suis du regard mon sang qui dessine des arabesques sur le carrelage. Devant ce spectacle, je sens le découragement me gagner et l'envie de tout nettoyer me fuit davantage. Et c'est ce que je fais en me dirigeant vers le salon.

Je fouille la poche de mon pantalon et j'y trouve un mouchoir en tissu. Il faut que j'arrête le saignement de mon doigt, que j'aide l'entaille à se refermer. Je le noue autour de mon index et les carreaux bleu et gris en coton s'imbibent immédiatement de rouge. Je sers autant que je peux pour faire cesser l'hémorragie. Je ne pensais pas que ce petit bout de chair pouvait saigner autant.

Je me sens abattu, au bord des larmes, déçu par ma maladresse. J'ai de nouveau l'impression que ma vie part à vau-l'eau. Ce n'est rien pourtant. Une simple coupure. Je ne pense qu'à aller rejoindre Flora. Elle me manque et sa présence me semble, à cet instant, indispensable. Une journée sans la voir et je suis au bord du gouffre. Tout mon être l'appelle, la supplie de venir, l'implore de me demander d'aller à elle.

Je reste assis sur le canapé, comme sonné. Assommé par mon réveil embrumé, par l'accident du verre, par la douleur que je ressens à cause de ma blessure, par mes pensées pour Rose et Flora. Elles me font défaut toutes les deux à cet instant. Je regarde, tour à tour, la fenêtre par laquelle je vois déjà la lune qui n'a pas encore atteint son point culminant, la porte qui n'émet aucun son et qui ne s'ouvre pas, le téléphone posé sur le guéridon près de moi qui reste désespérément silencieux. Je me sens désespérément seul.

Je prends l'appareil dans ma main valide et je compose le numéro de Flora que je connais par cœur. Mais il sonne dans le vide, personne ne décroche au bout de la ligne. Je le repose, navré, peiné, accablé. Maintenant, mes yeux font des allers-retours entre la pendule en face et le téléphone. Je compte les minutes et, tous les quarts d'heure, j'essaie de nouveau d'appeler Flora. Elle n'est pas là ou ne veut pas répondre. La sonnerie continue, à chacun de mes appels, à briser mon cœur. J'ai l'impression d'être à l'orée d'une crise de panique, d'une angoisse incommensurable. La phobie de la mort, qui s'était éloignée dernièrement, me gagne à nouveau. Une phobie que je voudrais contrôler, que j'aimerais voir s'envoler. Une phobie qui me crie de courir chez Flora pour qu'elle me rassure, qu'elle me parle encore et encore du village aux fleurs. Mais je ne lui cède pas malgré ma folle envie de l'écouter.

La soirée avance avec le ciel se peignant d'une ébène de plus en plus sombre. Le ciel devient ténébreux et, vu mon état, cela me met mal à l'aise. Je ne pense pas à retourner dans la cuisine pour nettoyer ni à remplir mon estomac qui reste noué. Je n'envisage pas de prendre le livre que j'ai commencé et qui attend sur la table du salon, ni à allumer la télévision afin que l'écran cesse d'être noir, aussi noir que la nuit qui envahit la maison en même temps que mes idées. Et c'est lorsque mes paupières deviennent lourdes et que mon corps s'enfonce de plus en plus dans les coussins du canapé que je décide de monter me coucher.

Je sais que ma nuit sera blanche alors que je broierai du noir, qu'elle sera faite de pensées lugubres et de craintes incontrôlables. Une nuit qui se déroulera ainsi jusqu'au réveil de l'aube. Je finis cependant par m'endormir et ma dernière pensée est que ma fin ne va peut-être pas tarder à arriver.

13

Quelques jours plus tard, Flora me dit que ce serait bien de partir ensemble, d'aller sillonner les routes au hasard, de voyager un peu plus loin, de voir du pays. Je ne sais pas pourquoi, mais j'ai l'impression qu'elle veut trouver le village aux fleurs, m'y emmener. Avant ma fin. Être là-bas à temps.

Je souhaite alors rendre une ultime visite à Rose et Flora veut m'accompagner sur sa tombe. Elle insiste pour ne pas me laisser seul. Je lui dis que je n'y vais jamais et elle insiste encore plus pour que nous nous y alliions. Elle me fait comprendre que nous ne savons ce qui peut se passer demain et qu'il faut en effet lui faire mes adieux.

Je n'aime pas aller me recueillir devant une stèle sans âme, devant un nom gravé dans le marbre, une pierre grise sans visage. Elle est statique, ne me parle pas, ne console pas la peine que j'ai à être ici. Je déteste passer du temps dans le cimetière où repose Rose. Je ne sais pas où est son âme, je ne la sens pas.

Cet endroit sent la mort, transpire la tristesse, exhale la nostalgie et le manque de l'autre. Il dégage l'odeur âcre laissée par les fleurs fanées et pourrissantes. Ce sont des effluves qui me broient le cœur et réveillent un long cri niché au fond de moi. Un cri du genre qui fait mal, qui déchire la gorge, qui peut s'entendre au loin. J'ai alors envie de hurler au ciel de ne pas m'offrir la même destinée, la même fatalité. J'ai envie de le supplier de me laisser en paix et je souhaite lui faire comprendre l'injustice de finir ainsi. C'est un passe-droit qui porterait préjudice à mon corps, qui lui ferait subir une cruauté que je n'accepte pas, qui me terrifie, qui me terrorise, qui me hante.

Rester planté là, pendant des heures ou juste quelques minutes. Regarder les fleurs déposées se faner, les mauvaises herbes pousser, la poussière s'accumuler et s'incruster dans la pierre.

Rester planté là et ne pas réussir à me rappeler, alors que les réminiscences de notre vie à deux m'assaillent lorsque je suis ailleurs et surtout pas dans ce champ funeste. Je n'imagine qu'un tas d'ossements immobilisés pour l'éternité. Je n'arrive pas à me souvenir d'un être fait de chair et de sang, encore vivant, qui a fait un bout de chemin en ma compagnie, qui a partagé de bons moments, des instants aimants et même joyeux. Tout ce qui me traverse l'esprit, l'image qui s'imprime dans ma tête et qui a du mal à en sortir, c'est mon cadavre enfermé dans une boîte six pieds sous terre, mon corps subissant un sort identique, endurant le même supplice.

Rester planté là à ruminer ce qui va m'arriver si je ne fais rien, si je ne cherche pas ce village avec l'aide de Flora. Ce village qui m'attend quelque part. Se retrouver ici pour ne pas songer à la personne que je suis venu voir, cette personne que je ne reverrai jamais de toute façon. Car mes pensées sont ailleurs, loin d'ici, envolées. Elles sont dans un champ de fleurs ou dans les ruelles d'un village en ruine. Un lieu reculé où elles poussent à la sauvage, où elles sont habitées par des âmes, où elles ne meurent jamais.

Rester planté là et, soudain, me demander ce que je fais ici. Je dois partir, poursuivre une quête qui empêchera ce sort que je rejette. Alors je m'en vais, Flora et moi allons partir, chercher, espérer trouver pour finir comme je le désire si fortement.

Mais aujourd'hui, j'ai accepté de rendre une dernière visite à Rose. Je veux la voir avant de partir, avant de disparaître. Je vais l'abandonner à son triste devenir afin d'améliorer le mien. Je vais aller m'isoler au milieu des vieilles pierres de ce village et attendre. Je vais aller voir les fleurs qui s'étendent par milliers. Je vais aller humer leurs parfums. Je vais de ce pas les rejoindre et me mêler à elles, devenir comme elles. Il est temps pour moi d'aller vivre ma mort autrement. Celle que je souhaite. Celle qui me permettra de partir l'âme légère, le cœur joyeux. Et c'est grâce à Flora que ce rêve se réalisera peut-être. Cette pensée m'obsède et, depuis que ma jeune amie désire m'emmener loin d'ici, elle ne me quitte pas.

C'est avec un dernier soupir, avec un dernier regard sur le nom gravé, avec une dernière pensée pour l'être aimé enfermé sous sa pierre tombale, que je tournerai le dos à Rose.

Flora me laisse en arrivant devant ce champ de pierres tombales et rentre chez elle. Je la rejoindrai plus tard. J'ai besoin d'être seul. Elle m'a juste accompagné jusqu'ici. Et je sais qu'elle n'aime pas non plus cet endroit.

Je ne sais pas combien de temps je suis resté face à la grille en fer forgé marquant l'entrée du cimetière. Il me semble que cela a duré une éternité. Je dois la passer, franchir le pas et pénétrer dans l'antre des morts. Je sais que je vais le faire, mais en attendant, je fais les cent pas sur le trottoir, entre deux jardinières en béton où fleurs colorées et sapins miniatures se partagent le même terreau. Ces bacs sont joliment entretenus et me distraient pendant un bon moment.

L'ombre d'un grand chêne, de l'autre côté du mur, me protège du soleil. Et je profite de cette protection pour repousser le moment d'aller là où la chaleur des rayons ne va pas m'épargner. C'est bien sûr une excuse. Je m'en sers pour stagner entre le monde des vivants et celui des morts. Mais je sais qu'il faut que j'y aille, que l'heure de faire mes adieux est venue.

J'erre dans les allées du cimetière, en slalomant entre les tombes, en évitant de piétiner les espaces verts. Je ne regarde pas les sépultures de marbre ou de pierre posées à la surface, les caveaux alignés le long du mur, les croix en béton sortant du sol.

Mes yeux fixent mes chaussures qui avancent comme au hasard. Mais c'est un hasard qui me mène là où je dois aller. La tombe de Rose est devant moi. Je vois son nom, je ne vois pas son visage. Je vois les quelques mots au centre d'une couronne de fleurs fanée depuis longtemps. Ces fleurs de deuil n'ont pas été retirées. Les mots d'un mari qui parle à sa femme. Mes mots qui expriment ma pensée pour elle. Des mots qui disent qu'elle va me manquer. Et Rose me manque. Un manque adouci par ma rencontre avec Flora, mais un manque tout de même. Je ne ferme pas les yeux, car je sais que mon esprit va m'emmener sous terre, là où je pourrai voir ce que Rose est devenue aujourd'hui, après des années enfermée là. Le bouquet de roses rouges que j'ai déposé à ma dernière visite est également étiolé depuis longtemps. Les pétales ont séché, sans tomber, sans se désintégrer. Le bouquet est figé dans le temps. Un temps immobile pour ces fleurs. Je devrais les enlever, aller les jeter, vider l'eau croupie du vase, le laver, y mettre d'autres fleurs. Mais je suis venu les mains vides. Mettre de nouveau des fleurs qui, de toute façon, vont mourir me semble superflu. Je préfère m'asseoir, poser ma main sur son prénom, le caresser comme si je la caressais, lui dire que je ne l'oublie pas, qu'elle est toujours là, dans mes pensées, dans mon cœur. Lui dire aussi que je m'en vais. Je veux lui raconter Flora, notre rencontre, nos petits déjeuners, nos balades, nos sourires, nos tendres moments, mais aussi son secret. Je lui demande de ne pas m'en vouloir même si je sais que ce n'est pas le cas. C'est ce qu'elle aurait espéré, ne pas me savoir seul, ne pas vouloir me voir effondré. Lui dire que Flora n'est pas loin, qu'elle m'a accompagné là. Lui expliquer mes projets, ma fuite vers ailleurs. Lui parler du village et des fleurs, des âmes et du cimetière si différent d'ici. Je veux lui offrir un dernier sourire que je préfère à des pleurs. Je vais lui faire cadeau d'un adieu léger et joyeux.

Je quitte définitivement Rose. Je lui rends un dernier hommage. Je sens une colère en moi, qui monte et ne veut pas retomber. Je lui en veux de ne pas avoir attendu. C'était un voyage que nous aurions faire ensemble. Et elle m'a laissé seul pour dénicher un village perdu, un village que je ne trouverais peut-être pas. Même avec l'aide de Flora qui m'a délivré son secret. Elle ne m'en a pas assez dit. Je me demande si elle va me mener à lui. Je vis des minutes où je doute de tout. Je vide tout ce que j'ai sur le cœur comme on vide son sac. Je le fais sans la regarder, mes yeux dirigés vers le sol. J'ai un peu honte de m'en prendre ainsi à elle avec ce qu'elle vit. Je m'en rends compte et je lui tourne donc le dos. Quelques instants, le temps de me calmer. Je regarde le chêne un peu plus loin, la grille que j'ai hâte de franchir, le clocher de l'église près de la place du marché, les toits des maisons. J'imagine celui de ma maison que je n'aperçois pas d'ici. Je respire profondément tout en contemplant tout ce qui se trouve devant moi. Puis, je sens enfin le rythme de mon cœur s'apaiser, ma colère se maîtriser. Je peux maintenant me retourner.

Les fleurs déposées sur certaines tombes ont gardé leur fraîcheur. Elles sont ici depuis si peu de temps. La terre autour des stèles a encore son aspect retourné, n'est pas encore aplanie. Mes chaussures en sont déjà recouvertes, car je suis près, tout près. Je parle tout bas. Je prononce chaque mot. Ils sortent de ma bouche, ne restent pas prisonniers. Je veux que Rose entende mes chuchotements, juste des murmures pour que personne d'autre n'entende. Je veux que mes mots d'adieu suivent un chemin étroit jusqu'à elle, sans dévier, sans se perdre au-delà, qu'elle écoute ce que j'ai à lui dire et que je n'aie pas pu lui souffler le jour de ses funérailles tant j'étais au plus profond de mon désespoir, de mes visions. Il y avait trop de monde de toute façon et mes mots n'étaient que pour elle.

Je lui dis que je vais partir, suivre une route que je ne connais pas pour trouver ce fichu village. Que je vais le chercher pour lui montrer qu'elle aurait dû attendre, qu'elle aurait pu patienter. Je lui dis que j'aurais tant voulu qu'elle m'accompagne. Et je sais très bien ce qu'elle m'aurait répondu si elle pouvait encore parler.

— Il faut y aller seul, Philibert. À deux, cela ne marche pas. Flora te l'a dit !

Mais une fois le village trouvé, je lui aurais laissé la primeur d'aller se transformer. J'aurais attendu quelques heures, peut-être jusqu'au lendemain. Puis je me serais avancé à mon tour lorsqu'une voix intérieure m'aurait dit que le moment était venu. Je me serais posé près de ma Rose devenue rose et j'aurais patienté jusqu'à ce que mon tour arrive.

— Je ne finirai pas comme toi, Rose. Ma chair, mes organes, ne serviront pas de repas à la faune souterraine. Mon squelette ne viendra pas vous tenir compagnie. Je te le jure !

Je la rassure. Je me rassure.

J'espère que Rose verra tout ça de là-haut et qu'elle versera des larmes. Des larmes d'envie, mais aussi des larmes de joie. Car elle sera heureuse pour moi et son cœur rabougri sera comblé de voir mon souhait se concrétiser. Je m'excuse quand même de ne pas rester. Mais elle le comprend, j'en suis certain. Et avant de m'éloigner, je la remercie. Puis je dépose un ultime baiser sur son nom gravé et je vais également embrasser la tombe d'à côté. Une tombe qui est là depuis bien plus longtemps.

Je franchis la grille, passe outre le seuil du cimetière. Je marche lentement, je rentre chez moi. Je veux seulement dormir, ne plus penser jusqu'à demain. Demain où je mettrai mes idées au clair, demain qui sera un nouveau départ.

VERS LE VILLAGE AUX FLEURS

1

Je me réveille et je me prépare sur le même rythme qu'une cafetière en train de couler, son breuvage noir se déversant goutte après goutte. Mes gestes sont lents, se déploient les uns après les autres sans se mélanger. Je ferme les volets dans chaque pièce, je verrouille la porte d'entrée à double tour et je glisse la clé au fond de mon sac où s'entassent diverses affaires, juste le nécessaire. Je regarde ma maison et je me souviens qu'elle avait le même aspect les jours où Rose et moi partions en vacances pour quelques jours ou quelques semaines. C'était il y a longtemps, loin du temps où les volets se fermaient pour la nuit seulement.

Je n'ai rien rangé à l'intérieur. J'ai laissé la poussière dans les coins, la vaisselle sur l'égouttoir, les quelques denrées dans le réfrigérateur, mon lit défait avec ses draps froissés, les gouttes d'eau sur la paroi de la douche qui vont sécher, se figer. Ma maison restera ainsi pour les semaines à venir, voire les mois, pour l'éternité peut-être. Seule la pendule dans le salon sera figée. J'ai arrêté les aiguilles des heures et des minutes afin qu'elles cessent de s'agiter sur le cadran. Elles ont tant couru et assisté au défilé de ma vie. Elles peuvent se reposer. Elles n'auront plus rien à regarder. J'ai donc décidé de suspendre le temps. L'heure affichée sera celle où je quitte ma maison définitivement. Je l'espère de tout mon cœur, de tout mon corps.

Lorsque je suis dehors, j'ai une pensée pour mes voisins. Ce sont d'adorables personnes. Je les ai vus pleurer lorsque Rose est morte. Me soutenir. Être présents pour moi après l'enterrement. Un peu trop parfois. Mais je ne pouvais pas leur dire, car ils agissaient de bon cœur. Je les ai vus discrets toutes ces années passées à nos côtés, lorsque Rose était encore là. Et encore plus discrets quand Flora est arrivée dans ma vie. Ils étaient présents, sans m'envahir, sans m'importuner. Ils avaient compris mon envie de recommencer à vivre, même à mon âge, grâce à une jeune personne tellement solaire. Certains ont fait un peu la moue, mais n'ont rien dit. D'autres ont souri quand ils ont été des témoins lointains de mes instants avec Flora.

Je pourrais aller frapper à leur porte, les prévenir de mon départ, leur dire adieu. Mais je n'en fais rien. Au lieu de cela, je demeure encore là à regarder une dernière fois la maison qui m'a abrité et la pensée furtive pour mes voisins s'en est allée. Je ne regarde même plus vers eux. Je ne veux subir aucune question, ne pas voir dans leurs yeux des interrogations. Car j'ai le souhait de partir en leur offrant les derniers sourires que leur ai fait, et non quelques larmes provoquées par nos derniers mots échangés.

Alors, je me détourne et mon sourire accompagne mes pas. Ils se dirigent avec légèreté vers la maison de Flora qui m'attend. Dans ma tête, je brûle les vestiges de ma vie passée. J'imagine même en faire un grand feu de joie.

J'ai quelques mètres à parcourir avant d'atteindre le début de ma destinée. Je prends mon temps, car j'ai tout mon temps maintenant. Je désire le voir s'écouler au gré de ses pérégrinations, en toute tranquillité, sans tensions, sans tribulations, avec l'espoir d'arriver au bout, de voir poindre le but que je me suis fixé.

Pendant que je traverse la rue, j'ai l'impression de voir mon quartier différemment. Le regard que je lui porte n'est plus le même. Il est comme neuf, comme si c'était la première fois. Les couleurs sont plus vives. Elles portent des marques de gaieté. Elles explosent devant moi et je ne peux qu'admirer les crépis des maisons, les toits aux tuiles couleur brique harmonieusement alignées, les jardinets aux pelouses verdoyantes et bien entretenues, les parterres de fleurs aux maintes nuances, les boîtes aux lettres de différentes formes, dont certaines ont été joliment personnalisées. Même le gris de l'asphalte est beau et lumineux. Mais, malgré mon regard nouveau qui trouve que tout est ravissant, je continue à avancer et à ne pas m'attarder. Même si je sais que Flora se prépare, je ne veux pas la faire patienter trop longtemps.

Ce n'est plus qu'une question de minutes. Mon cœur bat la chamade. Nous allons partir dans quelques instants, monter dans la camionnette et parcourir les routes ensemble. Nous partons à l'aventure et je n'en reviens pas. Je ne reviendrais peut-être pas.

Assis dans le véhicule, notre rue se déplie devant nous et je la regarde. J'y vois le bout, elle va jusqu'à la place de l'église. Elle est comme un tapis rouge sur lequel nous glissons sans aucun effort. Nous prenons notre temps, Flora roule doucement. Les mètres défilent et nous observons chaque chose que nous croisons. Surtout moi. J'ai habité cette ville quasiment toute mon existence. C'est comme si je voulais emporter avec moi leurs images dans l'album souvenir que sera ma mémoire.

Flora trouve un emplacement pour se garer et nous descendons de la camionnette.

Nous arrivons sur l'esplanade faite de pavés qui s'arrêtent là où commencent les marches menant à la prière. Quelques personnes la traversent et nous remarquons leurs visages souriants. Mais peut-être nous rendent-ils simplement le nôtre qui ne nous quitte pas depuis la première heure du matin. Car Flora et moi sommes tellement heureux de partir, de penser qu'il est vraiment temps de chercher ce village auquel nous croyons. Les sourires sont en effet parfois contagieux. Nous regardons également la présence des pigeons. Ils sont beaucoup à parader. Leur nombre augmente au fur et à mesure de nos pas. Ils forment une multitude de taches grises sur les pavés couleur sable de la place. Ils attendent certainement la foule, les habitués qui leur donnent de quoi faire jouer leurs becs.

Nous quittons tout ce petit monde, badauds et pigeons, pour nous diriger vers la gauche, contourner l'édifice, passer près des pissotières qui sentent l'urine, la vinasse et la crasse. Mais, aujourd'hui, ces effluves nauséabonds ne nous atteignent pas. J'ai l'impression que rien ne peut nous affecter. Ma banque se trouve juste derrière et, l'heure étant, je serai le premier à franchir sa porte vitrée. Elle coulissera devant moi, m'invitera dans son antre sans que j'aie à prononcer le mot magique : « Sésame, ouvre-toi ! ». Flora me dit qu'elle reste dehors et se met face au soleil, profite de l'air doux, avant que nous soyons enfermés, pendant des heures peut-être, dans l'habitacle de son fourgon.

Je vais au guichet pour avoir, face à moi, un être de chair et de sang. Je ne veux pas m'adresser à une de ces machines qui sont de plus en plus nombreuses depuis longtemps maintenant. Un des distributeurs automatiques est pourtant disponible. Il y a une personne devant moi et j'attends derrière la ligne jaune tracée au sol. Je patiente que mon tour arrive. Et lorsque je vais la franchir, saluer l'employé, ce sera pour retirer toutes mes économies, ne rien laisser, avoir ce qu'il faut dans les poches pour sillonner les routes et vivre notre périple en nous arrêtant dans les villages que nous allons rencontrer, que nous allons traverser, jusqu'à trouver celui que nous cherchons. Nous voulons le toucher, nous abandonner à lui.

Et si nous ne le trouvons pas immédiatement, il nous faudra de l'argent pour nous nourrir, pour pouvoir dormir, pour les aléas qu'il pourrait nous arriver.

Une fois mon argent précieusement dissimulé dans mes affaires, je retrouve Flora à l'extérieur, toujours à profiter du soleil. Nous traversons de nouveau la place pavée devant l'église avec ses promeneurs toujours souriants et ces pigeons qui ne cessent de picorer ici et là.

La camionnette nous attend où nous l'avons garée et c'est le cœur mêlé d'enthousiasme, d'excitation, mais aussi d'un peu d'inquiétude, que nous traversons la ville pour partir au loin, peut-être très loin. Et je continue à observer chaque lieu devant lequel nous passons.

Le dernier passage nous montre, au niveau de la gare, le panneau indiquant le nom de ma ville. Il est barré et nous indique notre départ vers un ailleurs inconnu, un ailleurs mystérieux. Et c'est à ce moment-là que je m'imagine parmi les gens que nous voyons si Flora n'avait pas été avec moi. Car je n'aurai pas eu le courage de partir seul dans ma voiture.

J'aurais fait la queue afin d'acheter mon premier ticket, celui qui allait m'emmener loin d'ici.

Il y aurait beaucoup de monde. Mais c'est vrai qu'il serait encore tôt et que certaines personnes utilisent ce moyen de transport pour aller travailler. J'attendrais patiemment, en m'interrogeant sur la destination à prendre. Car, en fait, je n'y aurais pas vraiment pensé avant de me décider à partir. Je n'aurais aucune idée de la destination à prendre. Vers le sud certainement. Je n'imagine pas le village aux fleurs autrement que baigné par un soleil constant, supportant des vents légers, sentant l'air doux et iodé de la mer. Ce ne peut être qu'un lieu pittoresque où les fleurs sont si belles, où elles embaument l'atmosphère.

Ma rêverie m'emmènerait devant le guichetier sans que je m'en rende compte. Je reprendrais connaissance quand il me demanderait mon point de chute. Je le regarderais, encore un peu ailleurs, encore vaguement songeur. Je ne saurais pas quoi lui dire. D'une main, il me montrerait le tableau derrière lui, toutes les destinations affichées. De l'autre, il tapoterait son comptoir de ses doigts impatients. Il me ferait comprendre qu'il n'a pas que ça à faire, attendre que je me décide. Car il y aurait d'autres voyageurs derrière moi attendant leur tour, qui ne voudraient pas rater leur car. Le martèlement de ses ongles insisterait pour que je me hâte à prendre une décision. Je finirais par lui dire de me vendre un billet. N'importe lequel. Pour le sud. N'importe où dans le sud. C'est ce qu'il ferait en étant étonné que je ne sache pas où aller. Ce ne devait pas être tous les jours qu'il devait prendre une telle décision. Décider à la place du voyageur. Mais il le ferait quand même, au hasard, vers le sud comme je le lui aurais demandé. Il m'annoncerait le prix que je paierais sans rien dire. Je ne regarderais pas le nom de la ville sur le ticket. De toute façon, je descendrais certainement avant, dans un coin perdu à l'ombre de vieilles pierres que j'irai visiter. L'homme grisonnant à l'air fatigué derrière son guichet m'indiquerait la direction à prendre sur le parking de la gare et me montrerait un car bleu garé au fond de ce parking. Il me préviendrait de l'heure du départ. Je le remercierais, je le saluerais. Un au revoir auquel il ne répondrait pas. Il serait pressé de passer au suivant, une femme corpulente en robe d'été tenant sous son bras un chien si petit et si laid qu'il me ferait penser à un gros rat.

Je me dirigerais vers le car bleu qui m'emmènerait je ne sais où. Vers un quelque part que je ne connaîtrais pas, un quelque part qui sonnerait le début de mon errance en dehors de la ville qui m'a vu naître, qui m'a vu grandir, qui m'a vu vieillir.

Je louvoierais parmi plusieurs autres autobus pour y arriver. Il ferait déjà très chaud et l'odeur que dégagerait le bitume serait entêtante. Les émanations s'élèveraient et pénètreraient dans mes narines. J'accélèrerais mon allure pour aller me réfugier sous un abri fermé et climatisé, proche du car dans lequel je devrais embarquer.

Je m'assiérais sur un des bancs en plastique. Mon dos serait appuyé contre une affiche jaunie, là depuis longtemps, vantant les services offerts par la ville. Et j'attendrais. J'attendrais le moment de partir. Ce moment où ma vie commencerait à changer.

Je laisse ainsi errer mon imagination, en me disant que je suis ici, Flora à mes côtés. Et j'en suis bien content. J'entends le moteur de la camionnette se marier avec le son de la radio et ma jeune amie qui chantonne.

2

La camionnette de Flora m'a avalé. Puis, elle m'emmène. Je me suis engouffré à l'intérieur et son blanc extérieur disparaît de ma vue, file sur la route comme un voile caressant l'asphalte. Je ne regarde pas la cabine avec son tableau, son rétroviseur, son volant. Les sièges avec leurs accoudoirs et la petite tablette devant moi que je peux baisser puis relever. Le tour des vitres et du vasistas à l'aspect granuleux. Le store en toile épaisse que je peux fermer si je souhaite me protéger du soleil ou si je n'ai pas envie de voir la route défiler. Le sol auréolé et abîmé. La poignée fixée permettant de me tenir, de ne pas trop tanguer si nos chemins de traverse se trouvent cabossés. Je ne regarde que Flora qui conduit, souriante et gaie comme un pinson. Elle est heureuse de se lancer dans cette aventure, celle qu'elle m'a promis d'entreprendre l'autre jour. Et moi, je suis satisfait de ne pas être seul à aller au bout de ma route.

Je m'installe dans l'angle, mon appui partagé entre le dossier de mon siège et la vitre côté passager, un angle où je me sens bien. Au moment où la camionnette avance vers l'inconnu, je me retourne et je vois disparaître peu à peu ma ville, le paysage que je connais si bien.

J'ai le cœur léger et lourd à la fois, mon horizon s'évanouissant dans les vapeurs chaudes que dégage le pot d'échappement.

C'est beau et un peu triste. Je regarde alors de nouveau devant moi, j'oublie ma mélancolie éphémère. Flora et moi sommes à la recherche de ce merveilleux village auquel elle croit tant et j'espère de tout mon cœur que nous y parviendrons.

L'habitacle d'acier qui ébranle les routes, kilomètre après kilomètre, nous fait visiter des paysages à n'en plus finir. Rien ne nous les cache. Nous sommes quasiment seuls à rouler. Nous croisons très peu d'autres véhicules. Notre destination doit être peu prisée.

Les ronronnements du moteur sont réguliers et me bercent sans que j'éprouve de la gêne par son bruit continu. Mon siège est moelleux et j'ai trouvé la bonne position pour ne pas avoir besoin de bouger ni de m'agiter. Car, je n'ai pas l'habitude des longues distances.

Les premiers kilomètres s'effacent et mes paupières deviennent de plus en plus lourdes. Elles se ferment d'elles-mêmes. Bientôt, je ne résiste guère à les laisser s'abaisser. Mais je ne m'endors pas vraiment. C'est une somnolence qui me fait planer à travers des abymes brumeux. Flora me laisse, s'aperçoit que j'ai besoin de ce silence, de ce face-à-face avec moi-même.

Mon esprit s'envole vers d'autres contrées, vers des souvenirs, certains lointains, d'autres plus proches et encore vifs. Ce sont comme des rêves éveillés, des images qui défilent dans ma tête, silencieuses, à la manière d'un film muet. J'imagine les sous-titres autant que je peux me les rappeler. Un souvenir domine davantage les autres, celui que j'ai rangé dans un petit tiroir au fond de mon cœur pour éviter de ressentir la douleur lancinante qu'il provoque en moi à chaque fois qu'il ressurgit. Un souvenir que j'arrive à ensevelir pendant des mois et parfois même des années. Un souvenir que j'ai envie de raconter à Flora.

Flora qui est près de moi, ses pensées virevoltant je ne sais où. Je pourrais presque les voir, les toucher tant j'imagine son excitation. Et, tout en visualisant ses yeux pétillants en train de regarder ses propres pensées trépidantes, je commence à m'assoupir. Je sens mes muscles se relâcher, mon âme prendre son envol, mon cœur ralentir ses battements.

Soudain, j'entends la voix de Flora, un brin irréelle, comme arrivant de loin. Elle me parle, me pose une question.

— Tu n'as personne, Philibert ? Tu n'as pas d'enfants ? Une fille, un fils, quelque part ?

Je ne réponds pas tout de suite, mais je la sens à l'écoute, à attendre mon écho. Je patiente un peu, le temps que mes mots sortent comme il faut. Car ce que je vais lui raconter n'est pas facile. Les paroles que je vais prononcer passeront douloureusement l'orée de ma gorge tant elles sont enracinées au fond de moi depuis si longtemps déjà.

Puis je crache cette tranche de mon passé comme on déverse une bassine pleine d'eau dans l'évier, provoquant un torrent d'éclaboussures. J'ai ouvert le tiroir au fond de mon cœur et je commence à pleurer mon passé à Flora.

— J'ai eu un chien. Il avait atteint la fin de sa vie et j'ai pu le voir vieillir, puis mourir. J'ai eu un fils également. Il est parti si tôt. Je ne l'ai pas vu vieillir lui. Je n'ai pas pu savoir comment il aurait été à dix ans, quinze ans, à l'âge adulte.

J'ai commencé par lui dire pour le chien. C'est moins douloureux. Comme un petit entraînement pour annoncer la suite.

— Lorsque Pierre est né, il était si petit, si pâle. Sa peau était diaphane. Nous avons décidé de l'appeler Pierre. J'avais envie de le voir solide comme un roc. Les médecins nous avaient immédiatement prévenus que ses poumons avaient un souci, qu'il avait du mal à respirer. Il était resté des semaines avec un appareil pour l'aider à aspirer l'air, puis à le rejeter de ses alvéoles tout neufs, mais déjà tellement abîmés. Par la suite, cela s'était stabilisé. Nous avions pu enfin le ramener à la maison. Ce fut un grand jour, un jour de fête en quelque sorte. Et Rose, qui ne dormait plus depuis la naissance, avait retrouvé un sommeil un peu plus serein, même si elle se réveillait plusieurs fois dans la nuit pour aller regarder Pierre. Elle était tranquillisée de le voir dormir, de voir sa petite poitrine bouger, se soulever.

Je reprends mon souffle. Je ne prononce plus un mot pendant une bonne minute. Flora ne dit rien. Elle sait que je vais reprendre la parole.

Mais cette accalmie n'avait pas duré. Elle nous avait accompagnés quelques mois, mais pas assez. Puis elle s'en était allée. Car les premières crises sont arrivées. Pierre toussait beaucoup. Pendant la journée. Pendant la nuit. Qu'il soit debout, qu'il soit assis, qu'il soit couché. Rose et moi voyions bien qu'il souffrait. Mais nous avions l'impression d'être impuissants. Nous le regardions et nous angoissions. Nous avions beau lui dire des choses gentilles pour le calmer, lui caresser la joue, passer nos mains dans ses cheveux. Il adorait ce geste. Nous le gardions tendrement contre nous, dans nos bras. Mais rien n'y faisait. Rose se faisait du mauvais sang et cela se voyait. Moi, j'essayais d'être plus gai, mais c'était difficile.

Je me tais quelques secondes et je regarde le panorama qui se déroule devant mes yeux.

— Rose devenait de plus en plus morose. Elle guettait, s'inquiétait, toujours l'oreille aux aguets. Elle courait de médecins en spécialistes, envahissait les salles d'attente, traînant Pierre avec elle, ne lui lâchant jamais la main. Pendant ce temps, je travaillais, je les accompagnais rarement. Mais mes pensées étaient avec eux. Le médicament miracle que nous espérions, celui qui aurait pu endiguer son mal, n'est jamais arrivé jusqu'à lui, jusqu'à nous. Les médecins prescrivaient celui qui pouvait soulager les crises, les arrêter quelques heures ou quelques semaines, jusqu'aux prochaines quintes de toux qui lui brûlaient les bronches, l'étouffaient.

Ma bouche est sèche à force de parler, d'enchaîner les mots.

— Sa première rentrée scolaire est arrivée. Mais Pierre a beaucoup manqué l'école. Il passait plus de temps dans des cabines en verre, branché à un tas de tuyaux pour tester et évaluer sa respiration, que dans sa salle de classe avec les autres enfants et sa maîtresse. Le temps s'écoulait ainsi. Les premières années de sa vie passaient, puis trépassaient les unes après les autres. Rose et moi avions beaucoup vieilli pendant cette période. La peur constante accélérait l'apparition de nos rides et de nos cheveux blancs. Et la fatigue sur nos visages, les poches sous nos yeux, ne disparaissait plus. Cependant, cette épreuve n'avait pas terni l'amour que nous nous portions. Mais les attentions et les actes entre nous étaient moins présents tant nous étions hantés par la maladie de Pierre. Elle occupait nos pensées, jour et nuit. Des jours empreints de sous-entendus sur ce que nous vivions en faisant attention à ce que notre fils ne les comprenne pas. Nos nuits étaient tendres, car nous en avions besoin, mais tristes parce que nos préoccupations nous empêchaient de nous adonner pleinement à des caresses charnelles. Et nos quelques tentatives de faire l'amour finissaient souvent par échouer. C'était un peu comme si nous avions arrêté de vivre, d'exister pour nous deux. Nous avions peur que Pierre pense que nous prenions du bon temps pendant que lui endurait son calvaire, vivait sa vie d'enfant malade. Nous culpabilisions puisque lui ne pouvait pas profiter des plaisirs de son âge. Jouer au ballon dans le jardin. Apprendre à faire de la bicyclette dans l'allée devant de la maison. Courir de pièce en pièce, se cacher dans un coin. Tout ce qui pouvait emballer son petit cœur lui était interdit. Même rire était exclu. Lorsqu'il ne pouvait pas se retenir, lorsqu'un fou rire le prenait par surprise, la toux s'y mêlait et le manque de souffle surgissait, provoquant une crise de plus, une crise qui l'affaiblissait davantage.

Flora ne dit toujours rien. Son sourire a disparu. Ses yeux ne brillent pas comme d'habitude. Son front se plisse et sa bouche se pince par la douleur qu'elle sait que nous avions vécu Rose et moi.

— Nous avons vécu ainsi, supportant chaque heure, chaque journée, chaque semaine, chaque mois, chaque année. Et lorsqu'arrivait le temps de souffler ses bougies, que Pierre passait ce cap et qu'une nouvelle année commençait pour lui, nous étions soulagés, nous reprenions espoir. Puis, quelques jours avant de fêter son neuvième anniversaire, son état s'est aggravé. Cette nuit-là fut atroce. Pierre avait commencé à tousser dans la soirée et il ne s'était pas arrêté. Malgré la Ventoline. Malgré les exercices respiratoires que nous connaissions maintenant par cœur. Malgré les injections de cortisone. Nous avions appelé les urgences, mais le temps qu'ils arrivent, Pierre était devenu bleu et il ne respirait plus que faiblement. Il est mort dans l'ambulance. Nous étions avec lui, nous lui tenions la main. Nous ne voyions pas son visage caché derrière un masque trop grand pour lui. Le ciel nous était tombé sur la tête même si nous savions que ce jour arriverait. Et après l'enterrement, nous avons continué notre existence aussi bien que nous le pouvions. C'était dur, c'était douloureux.

J'arrête de parler. Le souvenir de la mort de mon fils est tellement prégnant à la seconde où je l'évoque à Flora. Je ne peux pas empêcher quelques larmes de couler sur mes joues. Des larmes qui glissent jusqu'à mon cou et mouillent le col de mon polo. Je ferme les yeux pour les retenir, mais cela ne fonctionne pas.

— Notre vie a continué à poursuivre sa route, entrecoupée des visites sur la tombe de Pierre et des samedis matin où nous nous débarrassions petit à petit de ses affaires. Cela avait duré quelques années. Puis un jour, notre maison était redevenue comme avant, avant la naissance de Pierre. C'était un peu comme s'il n'avait jamais existé. Sa chambre, vide de lui, est restée fermée, un endroit où nous ne voulions plus aller. Où je ne vais pas aujourd'hui encore.

Flora ne m'a pas interrompu. Pas une seule fois. Elle m'a écouté lui raconter Pierre jusqu'au bout, sans me regarder, sans me toucher. Et lorsque mes derniers mots évoquant ce triste souvenir se sont évaporés dans l'air, Flora a juste tendu sa main et caressé ma joue. Une main qui s'est imprégnée de mes larmes. Après cette douce attention, je lui ai murmuré que c'était le passé, qu'il ne fallait plus y penser, que, de toute façon, je n'allais plus sur la tombe de Pierre depuis longtemps, que je ne la regardais même plus, qu'elle n'existait plus pour moi. Lorsque je me suis rendu sur la tombe de Robe avant de partir, j'ai empêché mon regard de se poser sur celle de Pierre. Elle est comme un échec de ma vie de père. Elle est comme la pièce au fond du couloir, à quelques mètres de ma chambre, qui reste close, dans laquelle je ne vais jamais. Je l'avais rangé dans un petit tiroir au fond de mon cœur.

J'ouvre mes yeux, fermés pendant la durée de mon récit. Flora et moi restons silencieux, il n'y a plus rien à dire sur le sujet.

Nous décidons de nous arrêter. Juste une escale. Nous voulons prendre l'air, marcher un peu, nous dégourdir les jambes, faire une pause nécessaire dans les toilettes de la station-service, effacer mon triste souvenir. Puis nous reprenons la route.

Une route sur laquelle nous survolons une dizaine de kilomètres. Et c'est là que nous apercevons un hameau en pierres qui semble avoir traversé les âges. Il est sur une colline, entouré de hauts arbres trônant sur le talus.

3

Flora se gare dans un coin ombragé, sur une terre sèche et craquelée, à l'abri d'un arbre feuillu. Mais pas assez pour arrêter les rayons du soleil et ils trouvent des passages par endroits. Au même moment, un car passe sur la route. Nous le regardons passer, puis s'éloigner, en écoutant le bruit de son moteur mourir avec lui. Puis le calme se met de nouveau régner. Nous sommes maintenant entourés par un silence de campagne, une ambiance typique. Nous entendons la brise dans les feuilles des arbres qui nous entourent, les insectes qui bourdonnent, des engins agricoles travailler au loin. L'aboiement étouffé d'un chien qui doit poursuivre des poules aux caquetages affolés. Mais ce que nous préférons, ce sont les chants des oiseaux. Ils sont variés, s'accordent avec harmonie. J'aime tant les entendre gazouiller. Et Flora est comme moi. C'est un son gai et apaisant. Nous regardons partout autour de nous et nous ne voyons que la nature livrée à elle-même.

Flora me tient la main. Nous avançons sur le bord de la route en nous disant que nous emprunterons le premier chemin qui tournera à droite ou à gauche. Ce sera celui qui nous invitera à le suivre. Nous marchons plusieurs mètres avant de le trouver. Il commence entre deux bosquets formés d'arbustes encore verdoyants, des arbustes qui ne vont pas tarder à donner des signes de sécheresse si la chaleur continue ainsi, si le ciel n'apporte pas quelques averses providentielles. Ils sont encadrés par un tas de carottes sauvages dont les fleurs en forme de petits parasols semblent être en lévitation, tellement légères, et dont les tiges se croisent et s'emmêlent.

C'est un chemin étroit fait de cailloux et de terre. Il est poussiéreux à souhait, car il ne pleut pas depuis plusieurs jours. Nos pieds qui vont de l'avant soulèvent des nuages de poudre jaune qui se dépose sur nos chaussures, sur les chevilles dénudées de Flora et sur les ourlets de mon pantalon. Ces résidus qui s'élèvent dans les airs nous chatouillent le nez et nous font un peu tousser. Ils nous donnent soif également et nous nous apercevons que nous n'avons pas pris la bouteille d'eau avec nous.

Soudain, nous voyons un homme dévaler sur son vélo de course, dans une tenue digne d'un coureur cycliste professionnel. Il lève un bras quand il nous dépasse pour nous saluer. Il nous fait un sourire qui ressemble à une grimace noyée dans sa sueur. Nous répondons à son geste en pensant que le village, aperçu sur les hauteurs, se trouve au bout de ce chemin. Je pense également que ce n'est pas celui que nous cherchons. Sinon, ce sportif n'aurait pas été là. Mais, en tout cas, notre soif va pouvoir être étanchée et nous allons pouvoir nous reposer un peu.

Flora et moi le voyons au loin. Il est caché derrière une haie de vieux chênes, tortueux et peu feuillus, dont certaines branches paraissent mortes. Et au-delà, nous apercevons la tour de son église, sa girouette, sa cloche protéger dans une niche faite d'ardoises. Nous repérons également quelques toits, certainement ceux des maisons les plus culminantes. Nous voyons aussi le haut d'une arcade en vieilles pierres, probablement l'entrée du village.

Le chemin de terre se transforme en une route goudronnée. Une route qui nous mène à l'orée du hameau que nous apercevons derrière les chênes. Flora et moi décidons de visiter cet endroit. Nous sommes là pour ça. Nous n'avons rien de mieux à faire ici. Il y a de la vie et nous serons les étrangers qui arrivent par cette route, la seule route qui peut mener jusqu'ici.

Nous sillonnons le lieu au gré des ruelles qui nous mènent devant une épicerie dont la porte est grande ouverte. Il n'y a aucun client à l'intérieur. Juste le commerçant derrière son comptoir, envahi par des présentoirs posés dans un capharnaüm que j'ai rarement vu. Des friandises en veux-tu en voilà, des barres chocolatées, des barres de céréales, des sachets de bonbons, des bonbons en vrac rangés par couleur dans des boîtes en plastique. Des journaux, des magazines, des catalogues, quelques livres. Des piles, des briquets, des porte-clés, des crayons. Du fil de pêche, des hameçons. Et quelques cartes postales du coin, mais si peu. Il y a de tout. Les rayons dans le magasin ont la même allure. Le même désordre. La même diversité de choix.

Nous entrons afin de nous acheter une bouteille d'eau et je prends également une des cartes postales dont la photo pourrait laisser croire que je suis n'importe où. Il n'y a pas le nom de ce village, de cette région. Je remarque l'œil étonné de l'homme maigrichon perdu dans sa blouse bleue. Il encaisse la bouteille d'eau et ma carte sans prononcer un mot. J'ai l'impression qu'il ne voit pas souvent des touristes par ici. Nous ne lui parlons pas non plus, mais Flora affiche son sourire qui reste figé comme sur du papier glacé.

Il fait sombre à l'intérieur, car la vitrine présente le même capharnaüm que le comptoir et les rayonnages. La lumière extérieure ne trouve pas de place pour s'y répandre. Nous buvons quelques gorgées d'eau en faisant un petit tour entre les étagères qui offrent un éventail impressionnant de choix alimentaires et ménagers pour une localité aussi petite. Nous jetons des œillades un peu partout, mais nous voulons surtout profiter, pendant quelques instants, de la climatisation qui marche à plein régime. Le propriétaire des murs nous suit du regard. Un regard curieux.

Un regard qui met mal à l'aise. Nous finissons par prendre la sortie pour retrouver la rue et le soleil de plomb qui ne faiblit pas.

En avançant un peu sur la place, puis en empruntant une autre rue au hasard, nous apercevons un petit marché où s'étalent fruits et légumes, viandes et poissons, tout un panel de pains. Mais, malgré une légère faim, nous décidons de continuer notre promenade. Nous y ferons un tour plus tard dans la matinée afin de nous trouver quelque chose à manger.

Nous savons maintenant pourquoi l'épicerie était déserte. Les habitants sont venus faire leurs courses sur cette foire hebdomadaire. C'est vrai qu'à l'entrée du village, une pancarte annonce la messe et le marché chaque dimanche.

Nous passons devant des maisons ornées de jolies fleurs. Mais ce ne sont pas celles que nous aimerions voir. Car celles que nous croisons sont plantées dans des pots et des jardinières qui embellissent les rebords de fenêtres et les pas de porte. Beaucoup de volets sont fermés. Ils sont certainement clos à cause de la chaleur et non parce que ces habitations sont vides. Ils le sont pour garder la fraîcheur à l'intérieur, éviter l'intrusion de l'ardeur extérieure. Peu de fenêtres sont ouvertes et nous laissent voir des tapisseries d'un autre temps. Des losanges, des fleurs, des scènes de chasse à courre. Des draps ou des tapis sont posés sur leurs bordures à prendre l'air, à laisser les effluves des sueurs nocturnes se volatiliser. Nous faisons nos curieux en autorisant nos yeux à flâner, à s'éterniser.

Nos regards quittent les foyers pour aller au-delà, regarder ce qui se trouve derrière les barrières, derrière les haies de lauriers, de genets. Il y a des jardins, des potagers. Des clapiers. Certains vides et d'autres où logent des lapins bien gras. Des outils de jardinage abandonnés sous un arbre, un râteau au manche brisé échoué dans une brouette rouillée. Une corde à linge où des draps blancs étendus battent la mesure du vent léger.

Nous observons tout ce qui m'entoure, tout ce que nous croisons, comme de véritables touristes. Et au fil de notre balade sur cette terre inconnue, une heure passe sans que nous nous en rendions compte. Nous faisons demi-tour pour aller en direction du marché afin de poursuivre notre petite excursion parmi les étals et acheter de quoi manger. Je remarque qu'il n'est pas très animé, que les habitants du village ont, pour la plupart, déserté les lieux. Ils sont certainement rentrés chez eux après avoir terminé leurs achats. Les retardataires sont encore là pour terminer leurs courses, mais ils ne se regroupent pas pour bavarder. Le marché de ma ville est si différent. Il est beaucoup plus grand et c'est une zone de rendez-vous où règne une joyeuse effervescence. Mais, quand nous observons l'autre côté de la place, nous découvrons une tout autre ambiance et nous constatons qu'une joviale agitation est ailleurs qu'en compagnie des commerçants et de leurs étalages de produits. Nous nous regardons, nous avons le même sourire tous les deux.

Il y a là-bas un café et sa terrasse est pleine de monde. Les verres s'entrechoquent pour fêter l'heure de la collation avant le déjeuner. Nous en oublions le nôtre et nous nous dirigeons avec l'envie de les rejoindre.

En nous voyant arriver, deux messieurs, aussi âgés que moi, constatent que nous sommes seuls et étrangers au village. Ils nous invitent aussitôt à leur table et nous demandent si Flora et moi voulons partager leur tournée des pastis et jouer à la pétanque. Le terrain nous attend. Nous disons oui à la première proposition, mais Flora décline la seconde. Pour ma part, j'accepte avec joie. Cela fait une éternité que je n'ai pas profité d'un moment comme celui-ci. Je passe donc l'heure suivante à pointer, à tirer, à m'amuser et à trinquer avec nos nouveaux compagnons d'un jour. L'eau fraîche anisée glisse dans nos gorges et fait briller le soleil dans nos pupilles. Jules et Victor finissent par nous solliciter pour partager un déjeuner sur le pouce avec eux. Un déjeuner qui nous fait plaisir. Nos estomacs sont toujours vides et ne disent pas non à cette invitation.

Nous passons une excellente journée. À porter des toasts à tout ce qui se présentait. Au soleil, à la pétanque, à la serveuse du café, à notre nouvelle amitié, à l'un de leurs compères, décédé il y a à peine deux mois, à notre passage éclair parmi eux. Nous

nous sommes raconté des petites tranches de nos vies, des souvenirs. Nous n'évoquons pas le pourquoi de notre présence ici. Nous avons beaucoup apprécié ce déjeuner partagé qui s'est répété le soir venu. Une soirée passée dans le jardin de Victor. Ces quelques heures sous un ciel étoilé nous ont donné du baume au cœur.

Mais Flora et moi n'avons pas vu le temps s'écouler. Et nous pénétrons de plus en plus dans la nuit sans nous en rendre compte. C'est lorsque Victor, bayant aux corneilles, dit qu'il est l'heure pour lui de filer au lit, que nous réalisons ne pas savoir où dormir. Naturellement, Victor nous propose son lit, en précisant qu'il prendra son canapé très confortable. Nous acceptons en le remerciant. Pour nous permettre d'avoir un endroit où dormir. Pour cette journée. Pour son accueil chaleureux.

Un nouveau jour se lève en même temps que nous. Avec le soleil, le même qu'hier. Avec le sourire de Victor, le même que la veille.

Après un copieux petit-déjeuner, je lui serre la main et Flora lui fait la bise. Nous lui faisons nos adieux. Il nous dit de ne pas hésiter à revenir le voir si jamais nous repassons un jour dans le coin. Je lui réponds qu'il y a peu de chance que cela arrive, mais que nous prenons note de sa gentille invitation. Nous le quittons sur ces derniers mots. Flora et moi l'abandonnons comme nous abandonnons ce premier village que nous avons rencontré. Sans un regard. Sans nous retourner.

Nous repassons sous l'arcade en vieilles pierres. Nous cheminons de nouveau sur le sentier fait de cailloux, de terre et de poussière. Nous retrouvons la route et la camionnette de Flora qui attend à l'ombre de son arbre.

4

Nous passons des heures sur les routes, les chemins, les sentiers. Nous sillonnons la campagne, les coins perdus, isolés de tout. Nous nous arrêtons rarement. L'espoir nous transporte d'un endroit à un autre et nous ne voyons rien d'autre. Nous croisons parfois des personnes qui nous indiquent le genre de hameau que nous cherchons. Certains doivent se demander ce qu'une jeune et jolie femme fait avec un vieux monsieur comme moi.

Ce sont des heures où je somnole, où parfois je m'endors. Mon corps est fatigué et mon esprit s'assoupit de temps en temps. Ce sont des heures où je m'évade dans les pages de mon livre ou je me plonge dans des articles de magazines. Des heures où je m'adonne à des mots croisés, à des mots fléchés, à des grilles de sudoku. Des heures où, quelques fois, j'échange des mots avec Flora, des mots qui se transforment en une conversation qui peut durer plus ou moins longtemps. Ce sont des heures où j'observe beaucoup. Ce sont des heures où je regarde beaucoup ailleurs pendant que ma jeune compagne est concentrée sur la route et continue à chanter au rythme de son autoradio.

Ce sont des ailleurs au-delà de la vitre de la camionnette. Lorsque nous sommes partis, elles étaient transparentes, d'une propreté impeccable. Aujourd'hui, elles sont recouvertes par la poussière des kilomètres avalés, par des empreintes de doigts, par des insectes écrasés, chopés en plein vol.

Ce sont des ailleurs qui se suivent et se ressemblent souvent. Parfois, ils changent d'apparence et m'offrent mille et une choses à regarder, à observer, à contempler, à dévisager.

Je dévisage des arbres, des pins, des sapins. Ils me saluent au moment où le véhicule les dépasse, avant d'appartenir déjà au passé. Le passé immédiat des richesses de la nature que j'embrasse du regard.

J'inventorie beaucoup de variétés qui cohabitent, qui consentent à partager le même environnement. Il y a des hêtres, des chênes, des bouleaux, des tilleuls, des saules, des érables, et bien d'autres espèces encore dont je ne connais pas les noms. Ils rivalisent dans la forme de leurs feuilles. Elles peuvent être arrondies ou pointues, dentelées ou poilues, simples ou composées. La saison m'offre leurs couleurs vertes. Des verts différents selon les espèces. Et pour certaines, lorsque l'été se sera évaporé, leurs pigments passeront au jaune, puis à l'orange. Des teintes pâles ou plus foncées. Elles s'habilleront de leurs teintes automnales avant de se détacher, de chuter, de tomber en exécutant une danse aérienne qui s'achèvera sur les sols trempés par les averses du moment.

C'est également la saison des arbres en fleurs et je vois ici et là des magnolias, des lilas, quelques albizias, mais aussi des pommiers, des cerisiers. Leurs senteurs se mêlent à celle du soleil et à toutes les odeurs de la campagne.

Cela me rappelle Rose. Nous aimions, lors de nos promenades, deviner les espèces des arbres et des fleurs. Mon inventaire, au fil de la route, se fait alors à voix haute. Je partage les noms que je sais, ceux que je trouve après un effort de mémoire. Flora tourne la tête lorsqu'elle m'entend et me sourit tendrement.

Au fil des jours qui glissent sur les communales, les départementales, les nationales, les autoroutes, nous naviguons en voyant défiler des champs. Des champs de vaches, de moutons. Des champs de blé, de colza. Des champs de tournesols, de lavandes. Des champs qui peuvent être vides. Des champs tous fantastiques. Ce sont des champs à la gloire de la nature. Une nature si belle, tellement diversifiée.

Nous nous promenons dans de nombreux villages. Des villages que les cartes nous indiquent. Des villages vers lesquels des personnes croisées au hasard nous envoient. Des villages dans lesquels nous nous arrêtons lorsque, de loin, nous apercevons le clocher d'une église, des ramifications qui émergent à l'horizon. Mais peut-être que certains nous échappent. Car personne ne nous en parle. Parce que nous ne les voyons pas. Étant donné que Flora est concentrée sur la route et qu'il m'arrive de somnoler, de m'endormir une heure ou deux, lorsque le bercement de la route m'emmène dans un flottement qui m'apaise, nos yeux ne balaient pas le paysage. Lorsque je reprends connaissance, je regrette ses siestes involontaires, ces moments de relâchement. Je le dis à Flora qui, d'un geste élégant, me fait savoir que ce n'est pas grave. J'ai parfois l'impression qu'elle ne me dit pas tout, qu'elle garde secrète une information importante, qu'elle en sait plus sur ce village qu'elle ne veut me l'avouer. Elle n'a pas l'air de tant chercher. De mon côté, je prie en silence que le village que je convoite ne se trouve pas dans les alentours que je n'ai pas vus, dans le panorama que nous avons quitté.

Et lorsque nous descendons de la camionnette que nous marchons sur les chemins menant à des ensembles faits de vieilles pierres, que nous envahissons les ruelles de certains villages, je regarde Flora et je lui dis que je ne suis pas arrivé au bout de ma route, aux confins de ma vie.

Ce sont des hameaux plus ou moins petits. Des villages aux ruelles faites de pavés, de terre compacte, ou de goudron. Certains ont conservé leur charme d'antan avec leurs maisons d'un autre temps. D'autres sont un mélange de vestiges et d'habitations plus modernes. J'y vois des fleurs indomptées qui n'en font qu'à leur tête, qui poussent où bon leur semble, entre de grosses pierres, à la lisière des maisons et des routes, sur des espaces où poussent les mauvaises herbes. Ce qu'elles sont elles-mêmes. Mais pour la plupart, les fleurs de ces villages sont maternées par les mains des femmes et des hommes vivants là. Ils les plantent, les arrosent, les regardent s'élever, s'ouvrir et s'exposer, puis un jour faner.

Nous regardons ces villages sous toutes les coutures. Nous les visitons, nous pénétrons dans leur église. Je ne prie pas, je ne demande pas grâce à Dieu. Il est si loin de moi. Je m'assieds simplement sur un des bancs pendant que ma jeune compagne flâne sans jamais se poser pour admirer la chaire, les vitraux colorés qui nous renvoient des étincelles de lumière, des éclairs bienveillants, la statue de la vierge Marie ou celle d'un Christ à l'agonie. Flora semble découvrir chaque chose qu'elle regarde comme s'il ne lui était jamais arrivé d'entrer dans un lieu saint. Elle admire ces lieux chargés d'histoire et d'art.

Nous allons également errer dans les cimetières. J'ai la larme à l'œil, une pierre dans le cœur. J'ai tellement peur d'être un jour parmi les morts, de subir le même sort. Flora me prend alors la main, me dépose un baiser sur la joue. Ce sont des gestes pour me consoler, m'apaiser.

Puis nous repartons. Flora toujours aussi fraîche et gaie, tandis que je me sens plus lourd en traînant mon sac et mon âge.

Je suis encore plus vieux que la veille et je le serai chaque jour davantage. Des jours qui se terminent en devenant nuit, des nuits qui m'invitent pour vivre les jours suivants. Jusqu'à quand ? Jusqu'où ? Et surtout, comment ?

Nous laissons ensuite ces villages derrière nous et nous nous en allons vers ceux qui sont devant nous à nous attendre.

Nous croisons un tas gens. Des hommes, des femmes, des enfants. Nous traversons leurs existences le temps d'un instant, un petit laps de temps, un temps qui dure rarement plus de quelques minutes ou quelques heures. Ils nous accompagnent un temps dans la traversée du pays, le temps d'une pause, le temps d'un face-à-face.

Nous leur parlons un peu. Ils nous parlent d'eux, mais nous ne parlons pas trop de nous. Nous gardons un peu nos distances. J'essaie de me renseigner en passant par quatre chemins, sans leur expliquer, sans leur dire pourquoi. Je demande sans demander. Lors de mes interrogations, Flora garde le silence en souriant. Je regarde ce sourire que j'aime et je ne sais que penser de ce silence.

Certains nous attendrissent et nous ressentons comme une envie de passer un plus de temps en leur compagnie. Mais nous ne cédons pas à cette aspiration, car nous n'avons pas terminé ce que nous avons entrepris. Et comme nous ne sommes que de passage, cela ne sert à rien de lier des amitiés qui seraient éphémères. D'ailleurs, nous faisons en sorte qu'elles le soient toutes.

Je découvre des personnes adorables, merveilleuses, que je n'aurais jamais connues si j'étais resté chez moi. Nous passons dans leur ville, dans leur vie, pour nous évanouir ensuite comme par magie. Nous leur laissons une traînée de poudre de nous qui dépose, peut-être, quelques traces ou qui s'évapore à jamais.

Nous avons croisé Victor et Jules. Nous entrecroisons des Jean, des Paul, des Gilbert, des Olivier, des Mathilde, des Jeanne, des Daniel, des Judith. Et tant d'autres encore. Parfois, nous ne connaissons même pas leurs prénoms, comme eux ne savent pas les nôtres.

De temps en temps, nous prenons le temps. Le temps d'un café ensemble, d'une bière, d'un verre de vin. Il arrive aussi que nous fassions quelques pas à l'unisson, quelques mètres sur une route, sur un chemin, sur une place, dans un magasin.

Nous partageons quelques déjeuners, quelques dîners, quelques petits déjeuners également. Car, comme l'a fait Victor, il y en a qui nous invitent parfois pour la nuit, surtout quand un repas du soir s'éternise et se termine tard. Ce que nous préférons, ce sont les plats faits maison. Nous nous régalons. Ils sont devenus si rares ces derniers mois. Ils me rappellent Rose qui passait tant d'heures derrière les fourneaux. Elle aimait me faire plaisir. C'était une des façons qu'elle avait de me dire qu'elle m'aimait. Nous faisions les courses ensemble, mais c'était elle qui cuisinait.

Je trouve, bien sûr, les mets de ces gens de passage moins bons que ceux de ma défunte femme. Mais ils savent quand même réveiller mes papilles et satisfaire mon estomac. Puis je goûte certains plats que je ne connaissais pas, que Rose ne me faisait pas. Et lorsque nous avons terminé, au moment de les quitter, nous les remercions avant de prendre congé, satisfaits et rassasiés.

Ma vie continue ainsi. Aux côtés de Flora qui m'accompagne dans ce périple que je n'aurais certainement pas entrepris seul. Nous prenons ensuite d'autres routes. Nous nous apprêtons à vivre d'autres heures, à voir d'autres paysages, à visiter d'autres villages, à rencontrer d'autres gens, à nous restaurer en tête à tête d'un sandwich ou à dîner, accompagnés d'autres personnes, d'un bon plat cuisiné à la maison. Des maisons si loin des nôtres.

5

Je suis si fatigué.

Fatigué d'être toujours sur les routes. Fatigué d'avoir de l'espoir et de le voir disparaître. Fatigué de laisser mon cœur s'emballer et de le décevoir. Fatigué d'arriver dans des villages et de m'apercevoir que ce n'est pas celui que je cherche. Fatigué de voir la campagne défiler et se répéter. Fatigué de dormir une nuit dans un lit et de savoir qu'au prochain coucher du soleil, ce lit ne sera pas le même.

À cet instant même, je n'ai qu'une seule envie. Rester où je suis et attendre. Me laisser vieillir davantage et mourir là. Je vais devoir finir comme tout le monde. Enfermé dans une boîte ensevelie sous une masse de terre.

Je partage mon abattement et mon envie d'arrêter cette aventure avec Flora, mais elle m'encourage, me dit qu'il ne faut pas laisser tomber. Qu'il faut y croire.

Cela fait presque deux mois que nous sommes partis. Avec beaucoup d'enthousiasme. Avec une certitude ancrée en moi. Celle que ma quête sera brève. Mais les jours se suivent, se transforment en semaines. Et les semaines ont fait naître un mois sans que rien n'arrive. Mon rêve d'y arriver se sent de plus en plus mal, s'émousse, s'abîme dans les abysses de mes espoirs qui deviennent désespoir.

Je me dis que ce n'est plus de mon âge de vagabonder ainsi, de bouger tout le temps, de me poser rarement. Et Flora ne cesse de me répéter : « N'importe quoi ! Profite du voyage Philibert ! »

Sa gentillesse, son sourire, son enthousiasme me font parfois oublier que j'en ai assez. Ils m'offrent des matins où tout va bien. J'ai alors hâte de repartir et d'aller voir ce qui nous attend au cours des heures prochaines. Mais ces derniers jours, ils sont vains. Mon empressement est de moins en moins présent. Je suis tout juste réveillé, l'esprit embrumé, et je ne pense qu'à une chose. Que cette journée, à peine commencée, s'achève et que vienne le soir. Ce soir où je vais pouvoir me coucher, m'endormir, et ne plus penser.

Et ce matin est un matin sans envie d'aller plus loin.

Je reste un peu plus longtemps au lit, je prends mon temps dans la salle de bain de ma chambre. Puis je descends dans la salle du restaurant de l'hôtel rejoindre Flora, levée depuis longtemps déjà. J'y vais pour avaler mon petit déjeuner qui s'éternise jusqu'à ce qu'il n'y ait plus que nous, assis au centre de la pièce. Mon silence se mêle au bruit de l'activité du personnel qui vaque à leurs tâches. Flora a le nez dans un de ses livres qu'elle dévore comme si le monde autour d'elle n'existe plus. Mon sac est à mes pieds et je patiente. J'attends que ma jeune compagne donne le signal de notre départ.

C'est à ce moment-là, dans ce petit hôtel démodé d'un village usé, que je baisse les bras pour de bon. J'ai envie d'une ville dans laquelle nous passerions inaperçus. Car dans chaque village où nous allons, les gens nous regardent, nous analysent et, quelquefois, nous interrogent. Des étrangers sont si inhabituels chez eux. Une ville qui, lorsque nous serons dans son centre, se trouvera à des kilomètres des champs, des vaches, des calvaires trônant dans des fossés assiégés par le lierre, les ronces et les herbes hautes. Des kilomètres qui nous empêcheront d'entendre le bruit des tracteurs et des moissonneuses, un chien aboyant toute une nuit dans la cour d'une ferme. J'aime pourtant cet environnement. Je l'ai apprécié chaque jour depuis notre départ. Mais j'ai le souhait d'un arrêt prolongé dans une autre atmosphère, le désir de ne plus vagabonder.

Je fais part de mon souhait à Flora qui lève ses yeux sur moi, qui s'arrache à sa lecture. Elle ne dit rien, hoche la tête, se soumet à mon désir. Elle regarde la carte routière qui ne la quitte pas et m'annonce qu'il faudra rouler pendant trois heures avant d'atteindre une jungle urbaine semblable à celle où je veux m'attarder un peu. Une jungle urbaine qui sera différente de notre louvoyage sur les routes de campagne, dans les ruelles des villages. Ce sera un subterfuge le long des artères et des rues citadines.

Nous sommes enfin arrivés là où je veux me poser.

Nous nous retrouvons dans une fourmilière humaine qui dégage l'empressement, l'odeur d'un rythme de vie à cent à l'heure.

Nous sommes figés au milieu de la foule, sur un trottoir étroit longeant le jardin des plantes, comme sonnés par ce changement soudain de décor, par l'air qui nous entoure. Ce nouveau climat provoque en moi un bouleversement ambigu. Je suis soulagé que ce monde existe encore. En même temps, une forme de vertige s'empare de mon esprit et de mon corps. Les gens nous dépassent, nous bousculent, ne nous voient pas. Je ne ressens rien en dehors de cet étourdissement soudain qui prend quelques minutes à se dissiper, à me laisser tranquille. Et pendant ce temps, Flora m'attend, patiente. Je ne me déplace pas pour autant. Je pivote sur moi-même, je regarde autour de moi, je scrute les environs.

J'aperçois, un peu plus loin, l'enseigne d'un hôtel qui fera très bien l'affaire. Flora me suit, ne pose aucune question. Elle regarde tout ce qui l'entoure avec émerveillement, comme d'habitude. De mon côté, je veux m'engouffrer à l'intérieur, m'isoler de tout, ne plus bouger. Flora sera ma seule compagnie, car je sais que je ne peux pas me passer d'elle depuis le premier jour où je l'ai aperçue dansant sous la pluie.

Le lendemain matin, à mon réveil, je me rends compte du bruit qui m'entoure et je reste immobile sous les draps pour m'en imprégner. L'hôtel se trouve proche de la gare et j'entends. J'entends la ruée des gens qui se précipitent vers celle-ci pour attraper leurs trains. Des trains qui sifflent et qui font crier les rails.

J'entends les tramways qui passent, qui se croisent toutes les cinq minutes. Je perçois leurs signaux sonores lorsqu'ils ralentissent à chaque arrêt.

J'entends les klaxons des voitures qui se hurlent dessus tant elles sont pressées à ces heures de pointe infernales.

J'entends des bribes de musiques, toutes sortes de musique, s'échapper par quelques vitres ouvertes.

J'entends des employés de la municipalité s'activer à nettoyer les rues et les trottoirs, à rendre la ville plus présentable pendant quelques heures.

J'entends le camion des éboueurs passer sous ma fenêtre, le bruit assourdissant des poubelles qui se vident dans sa mâchoire géante.

J'entends les borborygmes d'une usine robotisée qui ne doit pas se trouver loin.

J'entends le café de la gare ouvrir ses portes, sa terrasse se mettre en place, le remue-ménage des tables et des chaises que l'on installe.

J'entends les camions de livraison se garer où ils peuvent, l'alarme brève et répétée lorsque les chauffeurs les manœuvrent.

Tout ce capharnaüm tonitruant, que je n'avais pas entendu depuis longtemps, claque dans mes tympans, s'invite dans le lit avec moi. Je pourrais avoir envie de fermer mes oreilles pour ne plus entendre, comme on peut fermer ses yeux pour ne plus voir. Mais je n'en ai pas l'intention. Je voulais ces bruits et je les ai.

Malgré toutes ces tonalités qui sont comme une invitation à rejoindre la civilisation, je n'arrive pas à me lever. Dans ma tête, je visualise ma jambe se dégageant des draps, mon pied se posant sur le tapis étendu au bas du lit. Mais, aussitôt, cette petite vidéo se rembobine et mes mouvements font machine arrière. Demain, je le ferai peut-être. Demain oui ! Et en imaginant demain, je me rendors.

Je suis si fatigué.

Je reste trois jours dans l'enceinte de l'hôtel. Je ne le quitte pas. Il devient mon domaine. Pendant mon hibernation, Flora va se promener, en profite pour lire.

Je passe des heures entières dans le lit de ma petite chambre d'hôtel. Je dors, je lis, je regarde la télévision suspendue dans un coin de la pièce. Je rumine, je rêve, j'espère, je désespère. Je pense à Rose. Je pense à Flora. Je pense au secret qu'elle m'a révélé. Je pense à moi. Je passe beaucoup de temps à étudier la carte de France étendue sur le plancher de la chambre. Je ne la replie pas. Elle s'incruste dans le décor, prend presque toute la place. Je ne sais pas si la carte de Flora s'étend ainsi de l'autre côté du mur. Dès que j'ouvre les yeux, c'est elle que je vois. Elle est là pour que je n'oublie pas que quelque chose d'extraordinaire se trouve au bout de ma route et qu'il faudra repartir un jour. Partir avant qu'il ne soit trop tard. Car je sens la vie avoir envie de se retirer. Quelques fois, je fais les cent pas dans cet espace exigu. Cent pas qui peuvent perdurer et devenir deux cents. Je m'approche aussi de la fenêtre pour lorgner la pagaille extérieure. Et durant ces trois jours, je ne ressens pas l'envie de m'y mêler.

    Il y a des moments dans la journée où mon estomac se manifeste. Il grogne et me crie de m'occuper un peu de lui. Je vais alors frapper quelques coups contre la porte de la chambre de Flora et nous descendons dans le restaurant de l'hôtel. Nous nous installons toujours à la même table. Celle nichée dans le coin près de la baie vitrée. Nous y prenons nos petits déjeuners, nos déjeuners, nos dîners. Mais il m'arrive de me lever trop tard et de rater le premier repas de la journée. J'imagine Flora, seule à la table, en train de regarder l'escalier qui me mènerait à elle. Mais elle ne me voit pas arriver. Certains soirs, nous nous attardons. Nous nous installons dans un des canapés en cuir de l'espace salon de l'hôtel, au plus proche d'une autre baie vitrée. Nous commandons du vin que nous buvons lentement. Je demande à Flora de me parler encore du village aux fleurs. Et pendant qu'elle me conte pour l'unième fois ce rêve que je poursuis, je regarde les lumières de la ville. Elles scintillent dans le noir et sont comme des milliers d'étoiles. Elles me ramènent aux ciels obscurs dans les campagnes où les constellations se détachent si bien dans les ténèbres. La circulation sur le boulevard séparant la gare et le jardin des plantes est moins dense durant ces heures tardives, mais les quelques voitures qui passent, qui glissent sur le ruban d'asphalte, roulent encore plus vite qu'en pleine journée. Et les phares jaunes qui filent à toute vitesse ressemblent à des étoiles filantes. Je fais alors un vœu, plusieurs vœux. Ce ne sont pas des prières à Dieu. Ce sont des prières que je formule à l'infini et que j'adresse à ces petites comètes étincelantes, papillotantes et fuyantes. Je regarde toutes ces lumières et je me perds en elles. Puis, lorsque mon verre est terminé, bien après que Flora ait avalé la dernière goutte du sien, nous reprenons le chemin de nos chambres, nous nous embrassons dans le couloir étroit et nous allons nous coucher. À chaque fois, la même pensée me traverse alors l'esprit. Celle qui formule l'espoir que demain l'envie de sortir hors de l'hôtel sera présente.

Le quatrième jour depuis notre arrivée, je ressens ce besoin. Aller prendre l'air, le sentir me laver de l'odeur du renfermé qui doit m'envelopper. Je ne préviens pas Flora, certainement encore dans sa chambre. J'ai envie de promener seul.

L'air me fouette et, au premier abord, l'odeur des pots d'échappement me gêne. Mais c'est une indisposition qui ne dure pas longtemps. Elle devient comme le bruit incessant des trains que je n'entends même plus.

C'est une première journée d'escapade qui me voit errer doucement dans les rues, traverser un nombre incalculable de fois les passages pour piétons, lécher les vitrines des magasins sans y entrer. J'observe l'architecture des bâtiments, les gens pressés, les lieux que je suis susceptible d'avoir envie de visiter en compagnie de Flora.

Je me mélange à la foule qui m'accepte malgré elle. Moi ou un autre, elle ne fait pas la différence. Je suis un anonyme parmi les anonymes. Nous sommes tous, les uns pour les autres, des inconnus. Nous sommes tous des ignorés.

J'erre ainsi sans rien faire, jusqu'à ce que le soleil entame sa descente, un déclin qui dure le temps nécessaire pour regagner hôtel.

Une fois rentré, j'aperçois ma jeune amie qui m'attend pour le dîner. Elle est surprise de me voir arriver par la porte d'entrée et non par l'escalier menant aux chambres. J'apprécie une soupe épaisse et crémeuse, un peu de pain et de fromages, avant d'aller rejoindre le canapé en cuir, mon verre à la main.

Flora m'accompagne, me pose des questions sur ma balade en solitaire, me demande si j'ai aimé mon errance. Puis, nous regardons les éclairages de la ville que nous voyons toujours comme des astres lumineux et les phares des voitures qui sont encore autant d'étoiles filantes. Il est tard lorsque nous montons dans nos chambres afin d'aller nous réfugier dans les bras de Morphée, en espérant, pour ma part, un sommeil dénué de rêves.

Les jours suivants se déroulent de la même manière.
Mais je ne suis pas seul à arpenter la ville.
Flora et moi déambulons dans les différents quartiers de la ville. Nous empruntons les rues que j'ai déjà prises des dizaines de fois lors de ma première évasion. Nous nous arrêtons dans un restaurant, le même chaque jour. Nous aimons son ambiance, le personnel agréable, la nourriture servie dans une jolie porcelaine. Nous visitons un musée, puis un autre. Nous allons voir un film dans le cinéma situé à quelques centaines de mètres de l'hôtel. Et le soir d'après, nous retournons dans le même cinéma voir un autre film.

C'est un peu comme si je retrouvais des habitudes quotidiennes, faire les mêmes gestes encore et toujours. Tous ces actes répétés, toutes ces rues que nous longeons plusieurs fois, ce cinéma où nous allons à de nombreuses reprises, ce même hôtel, ce même lit dans lequel je dors chaque nuit me rassurent. J'ai l'impression que cela fait une éternité que nous ne restons pas plus d'une journée au même endroit, que nous n'avons pas mangé deux fois dans le même restaurant, que nous n'avons pas dormi deux fois dans le même lit. Et cette pause me fait du bien, me redonne quelques forces.

6

Flora m'attend et me sourit. Elle sourit tout le temps. Je vois dans ses yeux qu'elle m'observe pour savoir si je suis prêt à reprendre la route. Je lui dis qu'elle a raison de vouloir partir. Cela ne sert à rien de rester dans une ville inconnue. Autant repartir sur les routes ou rentrer chez nous. Et je crois qu'elle n'en peut plus de rester dans cette ville.

Nous décidons de partir dès le lendemain matin. Mon cœur est un peu en berne lorsque nous nous souhaitons bonne nuit. Celui de Flora est gai comme un pinson. Et avant de refermer les portes de nos chambres, elle me souffle quelques mots accompagnés d'un clin d'œil malicieux. Des mots qui m'annoncent une surprise.

Je n'ai pas dormi de la nuit. Trop excité. Trop énervé. Je pensais sans cesse à ce que m'avait dit Flora avant de me quitter pour la nuit. Quelle surprise va-t-elle m'offrir ? A-t-elle appris où était le village aux fleurs ? Va-t-elle m'y emmener dès demain ?

Je me suis levé des dizaines de fois, j'ai arpenté la chambre de long en large, tellement impatient de voir le jour percer et s'infiltrer à travers les doubles rideaux drapant la fenêtre.

J'ai regardé la carte routière encore et encore, sans me lasser de suivre mille et un itinéraires du bout du doigt, d'imaginer la route que prendra Flora et qui me mènera là-bas. Le là-bas où je veux aller. Le là-bas dont j'ai tant rêvé. Je me dis que la surprise de Flora ne peut être que cet ultime voyage.

J'ai beaucoup pensé à Rose. Je lui ai parlé sans savoir si mes mots l'atteignaient, allaient jusqu'à elle. Je lui ai dit combien je regrettais qu'elle n'ait pas attendu. Je l'ai même un peu disputée. Je voulais tellement finir ma vie près d'elle. J'aurais tellement aimé lui offrir le village aux fleurs. Je lui avais déjà soufflé mes regrets lors de ma dernière visite au cimetière et je me répète.

L'aube est ensuite arrivée et je me suis préparé.

Je suis le premier dans la salle du restaurant de l'hôtel. Avant les autres clients, avant Flora. Je peux encore entendre le silence particulier qui règne durant la nuit, avec le bruit de la vaisselle dans la cuisine qui s'y mêle.

Je prends juste un café. C'est tout ce que je peux avaler. Puis j'attends que Flora descende, qu'elle fasse sa gourmande comme elle aime le faire au petit déjeuner. Et nous franchissons la porte de l'établissement sans nous retourner. Mes yeux ne voient rien d'autre que la camionnette garée. Mon cœur ne ressent que la hâte de m'y engouffrer et d'entendre son moteur se mettre en marche.

Le voyage est long. Plusieurs heures. Je n'arrive pas à dormir. Je regarde la route que prend Flora et je me demande où elle m'emmène. Son joli visage ne se dépare pas de son sourire. Un sourire silencieux d'où les mots que j'attends ne viennent pas. Un silence qui stagne dans la chaleur étouffante malgré la climatisation en marche. Lorsque nous tentons d'ouvrir une des vitres, c'est une vague suffocante qui déferle, qui s'engouffre dans l'habitacle.

Des perles de sueur recouvrent mon visage et, aussitôt les unes échouées, d'autres font leur apparition. La carte qui est posée sur mes genoux les recueille, les absorbe. Cette carte qui ne me quitte pas, que je ne parviens pas à ranger, à la rendre invisible, à la soustraire à mon regard. Mais je ne me sers plus. Flora sait où elle va. Même si elle garde le secret de notre destination, qu'elle ne veut rien dire sur la surprise qu'elle me réserve.

Nous remontons vers le nord, là où se trouve mon destin. Un destin que j'ai souhaité. Un destin que Rose m'a imposé tant la descente de son cercueil dans la terre m'a traumatisée. Un destin que Flora m'a révélé. Cette jeune femme qui a débarqué dans ma vie est ma bienfaitrice, la salvatrice de mon corps. Cette enveloppe charnelle à laquelle je tiens tant, que je refuse d'imaginer faisander, comme un vulgaire morceau de viande avariée.

    Nous quittons le sud où j'avais espéré un village perdu entre mer, montagne et campagne, éloigné de toute civilisation. Un village qui ne pouvait être que dans cette région. Une région baignée de soleil et de brise chaude. Flora semble pressée d'aller là où elle souhaite aller, là où elle désire m'emmener. J'aimerais tant qu'elle cesse son mutisme sur notre destination. Mais elle est déterminée à me la dévoiler au dernier moment. Je l'ai suppliée, comme un enfant impatient. Mais en vain. Je décide alors de mettre mon mal en patience et d'occuper le temps autrement que de la harceler.

    La camionnette parcourt le trajet plus ou moins vite. Selon la courbe des routes, les virages en tête d'épingle, les côtes et les descentes. Selon la circulation parfois dense. Selon les hameaux et les villes qu'elle traverse. Lorsqu'elle est libre d'aller, que rien devant elle ne l'empêche de laisser galoper son moteur, elle se précipite vers sa destination que je ne connais pas encore. Et quand elle bondit ainsi, mon sourire s'affiche et mon cœur augmente sa chamade au même rythme qu'elle. Flora est heureuse d'avancer et je me dis que le dessein qu'elle me réserve ne pourra que me plaire.

    Quand Flora se cale sur les autres véhicules présents, que ce soit dans les campagnes ou dans les zones urbaines, je peux regarder chaque chose logeant le long des routes. Mais si elle accélère et file à vive allure, je ne distingue plus rien et toutes ces choses se confondent les unes aux autres pour former un large et long ruban aux teintes mélangées, à la substance imprécise et confuse. Je garde alors les yeux ouverts et je me prends de plein fouet tout ce tourbillon. C'est comme si la planète devenait folle, qu'elle se déchaînait sur une musique silencieuse et endiablée, qu'elle ne pouvait plus s'arrêter. Cette explosion extérieure devrait me donner le tournis, devrait me donner envie de vomir même. Mais je n'éprouve rien, car mon esprit est loin. Il est déjà là-bas. Ce là-bas qui n'a pas de nom. J'espère au plus profond de moi que ce soit le village aux fleurs.

Je finis quand même par m'endormir, bercé par les mouvements de la route et les ondes positives que m'envoie Flora. Je ne vois donc pas le temps passer.

Nous sommes arrivés et je n'en crois pas mes yeux
La camionnette est garée sur le trottoir et je peux apercevoir notre quartier, celui que nous avons quitté et que je pensais ne jamais retrouver.
Flora regarde mon étonnement. Elle sourit. Elle rit. Elle me pousse hors du véhicule et me dit de rentrer chez moi. Elle me retrouvera plus tard. Elle me dira enfin pourquoi nous sommes revenus à notre point de départ. Et afin d'arriver le plus

rapidement possible à ce que Flora doit me révéler, je fais ce qu'elle m'ordonne gentiment. Je ne proteste pas. Mais assis sur mon canapé, je n'arrive pas à me détendre. Tout mon être est figé. Mon regard sur la porte d'entrée. Mon ouïe aux aguets du moindre pas que je pourrais entendre dans l'allée. Mes mains jointes sur mes genoux comme dans une prière, comme un enfant sage. Je ne peux rien faire d'autre que de demeurer immobile dans la lenteur des minutes se transformant en heures. Des heures qui, cependant, avancent vers mon destin.

Le crépuscule pénètre dans ma maison, m'envahit, et je suis toujours en train de fixer ma porte qui ne s'ouvre pas, qui reste désespérément close. Que fait Flora ? Je pensais la voir plus tôt. J'ai hâte de savoir. Et cette hâte est agrippée aux parois de mon cœur. Mon cœur qui n'en peut plus d'attendre. Mon cœur qui doit subir chaque heure jusqu'à ce que le soleil veuille bien se lever, m'éclairer.

Flora n'est pas venue. Ma nuit a été vide d'elle. Je regarde par la fenêtre et je vois ses volets encore fermés. J'attends le moment où je les verrai se déployer, où je verrai Flora s'étirer pour chasse l'engourdissement de ses heures de sommeil. Et lorsque je la vois enfin, elle me salue gaiement, comme elle le fait à chaque fois. Elle me fait signe qu'elle arrive.

Je m'empresse de faire du café chaud et de courir à la boulangerie acheter du pain et quelques croissants. Je sais qu'elle sera ravie. Et c'est un peu comme si j'allais la soudoyer pour qu'elle me parle. Cette pensée me fait sourire. Mais j'imagine surtout ses yeux endormis se métamorphoser en yeux gourmands.

Flora ne frappe pas à la porte d'entrée avant d'entrer. Elle pénètre chez moi et c'est un courant d'air agréable et bienvenu qui fait irruption chez moi. Je la serre dans mes bras, je lui claque un baiser sur la joue et je la regarde. Un regard qui dit : « Allez ! Dis-moi tout ! » Car je sais que c'est maintenant. Je vais savoir où je vais, où sera ma fin.

Elle me prend la main et m'entraîne dans la cuisine où, comme je l'avais prévu, son regard s'illumine à la vue du petit déjeuner qui l'attend. Elle me pousse sur une chaise et s'assoit en face de moi en trempant déjà un croissant dans son bol de café. Et pendant qu'elle engloutit, qu'elle dévore, qu'elle se régale, elle me parle la bouche pleine et j'écoute, je comprends.

Flora me dit qu'elle ne sait pas comment ni pourquoi. Mais elle sait tout simplement. Elle sait quand et comment. Elle me dit que demain il sera heure. Mon heure. Elle sait où aller, où m'emmener. Je ne lui pose aucune question. J'acquiesce à tout ce qu'elle me dit. Demain, je la suivrai. Comme un aveugle qui fait confiance à sa canne, à son chien. Je n'ai pas le choix.

Elle termine son petit déjeuner et me quitte, me dit « vivement demain ». Je pense alors que ce n'est peut-être pas un hasard que Flora soit là. Elle a une mission à accomplir et cette mission c'est moi. Après-demain, elle pourra repartir.

Mon cœur s'emballe. De bonheur. De soulagement.
Alors qu'il va s'essouffler, qu'il va expirer.
Je suis arrivé au bout de ma route et Flora avait raison.
Je suis maintenant avec les fleurs.
Et leur village est ma dernière demeure.

LES FLEURS

1

Nous voyons de loin Flora déposer Philibert sur la plage. Puis elle repart dans sa barque pour se perdre dans la brume du monde tout là-bas. Et c'est à ce moment précis, lorsqu'elle n'est plus en vue, que nous sentons vraiment sa présence et commençons à communiquer avec lui. Nous savons qui il est. Il en est ainsi pour toutes celles et tous ceux qui viennent à nous.

Il semble heureux d'être là et il attend patiemment son tour.

Nous lui envoyons un signal. Un appel silencieux pour lui dire que la place est libre, comme une douce pensée l'invitant sans le brusquer. Nous sommes impatientes de le voir émerger. Il met un certain temps à apparaître. C'est vrai que le village se trouve très en hauteur et que le chemin pour nous rejoindre est escarpé. Nous imaginons la difficulté à progresser sur ce terrain laborieux. Un sol qu'aucun arbre ne protège du soleil qui assomme le pays. Nous ne le voyons pas encore, mais nous le ressentons de plus en plus intensément. Cette sensation nous donne le vertige. Nos cœurs battent à l'unisson et nos pétales en frétillent de joie. Nous sommes toujours dans cet état lorsqu'une nouvelle fleur vient pousser ici.

Notre village est dissimulé quelque part. Un quelque part qui n'a pas de nom. C'est un village qui n'a pas d'appellation. Et beaucoup ne le voient pas. Il y a celles et ceux qui ont l'intense désir de mourir autrement que partout ailleurs et qui sont capables de l'atteindre, d'y pénétrer, d'y aller pour se perpétuer. Les autres, résignés par un destin qu'ils pensent écrit d'avance, contre lequel il ne sert à rien de lutter, restent dans l'ignorance de son existence.

La route pour atteindre notre village perché au sommet de la montagne rocailleuse est difficile. Mais avant d'entamer ce voyage en altitude, il faut accoster sur une île nichée au milieu de nulle part, où une plage de sable blanc, vierge de rochers et de végétations, accueille les nouveaux arrivants en leur ouvrant son cœur. Seuls ceux sachant qu'ils s'y rendent la voient, savent la regarder. Elle ne se trouve en aucun lieu tant l'océan s'étend à perte de vue et il n'y a pas d'autres vues qui se dessinent à l'horizon.

La mer est si belle dans les environs. Elle est faite d'huile et de lumière, elle reçoit les rayons d'un soleil présent à toute heure. Aucun nuage ne vient briser la chaleur que l'astre dégage et aucune ombre ne vient ternir la surface de l'eau. Elle s'échoue sur la plage en chantant une douce musique. C'est une mélodie qui remplit de bonheur ceux qui l'entendent. Au son des notes se déposant à leurs pieds, ils ne pensent plus au passé, ne pensent qu'à ce qui les attend là-haut. Ils n'éprouvent aucune peur, ne ressentent que la hâte d'être libres du poids qu'ils transportent avec eux depuis si longtemps. Leurs cœurs battent à l'unisson pour proclamer la joie d'être enfin arrivés. Et les âmes commencent déjà à s'élever. Ils viennent alors de voir leur embarcation s'éloigner, ne devenir qu'un point noir à l'horizon. Et une fois que le bruit de glissement de celle-ci expire sur les vaguelettes à peine existantes, il ne reste plus que le silence apaisant du lieu.

Lorsqu'ils arrivent sur l'île, c'est un peu comme s'ils se retrouvaient dans une campagne perdue, sans panneau indicateur, sans bornes au bord des fossés. Ils ne connaissent pas son nom, n'ont aucune idée de sa situation géographique. Ils ne savent pas où ils sont, mais ils comprennent que leur place est ici. C'est une évidence qui explose dans leur cœur, qui envahit tout leur être.

Ils n'aperçoivent pas le village dans les premiers instants de leur venue. Un temps indéfinissable défile avant que sa silhouette se révèle, émerge du sable comme une apparition soudaine. Puis, ils l'aperçoivent chacun leur tour. Une personne à la fois est invitée à rejoindre sa nouvelle demeure.

Ils n'ont aucune notion de ce temps d'attente qui, parfois, peut être long, très long. Certains peuvent rester, debout sur le sable, pendant des heures, des jours, des semaines, une éternité. Mais ils ne voient pas le temps passer. D'autres sont à peine arrivés que nous les appelons déjà. Et ceux qui demeurent sur la plage sourient à ceux qui partent déjà vers notre village qui ne leur est pas apparu. Ils sont heureux pour eux et les regardent s'évanouir, le cœur plein d'espoir, car ils saisissent alors que leur tour viendra.

Celui ou celle qui sont appelés, avance avec légèreté, en lançant un dernier regard à ses compagnons de voyage, un regard éphémère et sans regret. Ils ne se disent pas adieu. Juste un au revoir, car ils savent qu'ils se reverront là-haut. Ils se verront d'une autre façon.

Puis l'ascension vers un autre monde commence.

L'atmosphère est sauvage, habillée de falaises abruptes, taillées dans le calcaire, pénétrées par de nombreuses crevasses plus ou moins profondes. Des falaises qui plongent dans l'océan. Car une fois la plage abandonnée, celle-ci disparaît, ne fait plus partie du paysage. Il ne reste que le village et la mer qui l'entoure. Une mer dont l'aspect huileux a également cessé d'être visible. Le royaume de Neptune est devenu déchaîné et les vagues se succèdent sans interruption.

Il faut chevaucher une multitude de petits arbustes, d'espèces différentes, qui s'étalent en espalier et colonisent les rochers. Ils se balancent sur la cadence des vents marins et les plus en aval sont éclaboussés par l'eau salée au moment où les déferlantes viennent s'abattre contre les parois graveleuses.

Des chemins étroits sillonnent la surface escarpée, escaladent le paysage, s'insèrent sur le terrain sinueux, un territoire qui paraît dangereux. Beaucoup restent longtemps en bas, à les observer, à se demander lequel ils vont emprunter. Au premier regard, ils se disent que la route ne sera pas aisée. Mais ils sont déterminés et une force inconnue les emmène, les entraîne. C'est comme un appel. Un message intérieur, silencieux, qui se propage dans tout le corps. Ils l'écoutent, lui obéissent, sans contrainte, sans inquiétude. Ils le comprennent si bien. Dès lors, leurs pieds avancent sans effort et ils se déplacent avec sveltesse, avec précision, comme transportés. Ils savent alors quel sentier prendre pour toucher ce village qui les attend et qu'ils ne voient pas encore. Mais ils sentent sa présence, ressentent sa force d'attraction.

Ils arrivent enfin sur une voie qu'ils savent devoir prendre. Il s'agit de celle-ci et pas d'une autre. C'est une coulée de terre sèche qui s'est introduite entre des végétaux qui paraissent moribonds et des roches de tailles inégales, de formes différentes. Le peu de verdure, exposée au soleil et à l'air iodé, ont pris une teinte brune et, le simple acte de les toucher, les fait partir en poussière. Quand certaines branches sont à même le sol et que des pas les rencontrent, ils embrassent leurs craquements et provoquent une armée de crépitements qui ressemblent aux grésillements dans l'âtre d'une cheminée au moment où les sarments s'en donnent à cœur joie. C'est agréable. C'est rassurant.

Aucun arbre n'est assez grand pour voir se dessiner des zones ombres. Il n'y a pas d'endroits pour s'abriter de la masse solaire et les rayons frappent chaque coin et recoin dans les parages. Mais l'allégresse des grimpeurs à poursuivre leur route ne faiblit pas. Malgré des douleurs dans les jambes, la transpiration qui prend d'assaut tous les êtres et les cœurs qui battent la chamade à force d'acharnement pour atteindre leur but, ils continuent de marcher sur une allure régulière et infaillible. Ils se posent de temps en temps sur des rochers ancrés dans un coin sablonneux. Juste quelques secondes qui leur font l'effet d'être des reptiles lézardant au soleil. Ils ferment les yeux et laissent leur cœur temporiser leur vitesse. Puis ils se lèvent, reprennent leur marche, avec l'impatiente de parcourir un autre bout de chemin. Ils le font lentement, car ils savent qu'ils ont, à présent, tout leur temps.

Les futurs résidants du village ne maîtrisent pas la durée de leur trajet, si celui-ci a duré une heure ou plusieurs heures. Mais il fait toujours jour et le bleu du ciel ne revêt pas sa sombreur. L'astre du jour est encore à son zénith, chaud et accueillant. Mais surtout, à l'approche de l'aboutissement du chemin terreux, ils distinguent clairement, tout en haut d'une falaise, un ensemble de vestiges pierreux édifiés au milieu d'herbes sauvages. Et ils savent que c'est là. Ils reçoivent des ondes de là-haut. Ils sentent venir à leurs narines le souffle mélangé du romarin et du thym. Ils voient émerger le jaune des genêts et de hauts chardons d'une belle couleur bleutée.

Plus ils avancent et plus ils discernent leur dernière demeure. C'est un très vieux village abandonné depuis de nombreuses années, depuis des décennies.

Ils arrivent très vite à son orée, presque sans s'en apercevoir, comme si une main invisible les avait portés et posés là. Car les derniers mètres ne se font pas sentir. Ils glissent sur le bout du chemin, le cœur armé d'émotions, d'amour et de lumière. Et au moment de pénétrer dans l'antre de nos fortifications, ils nous voient. Nous sommes là à les attendre. Ils le sentent, ils le savent. Nous sommes si nombreuses et tellement belles. Nous dégorgeons mille et une couleurs et débordons de vitalité.

Ils sont très émus. Ils comprennent maintenant, en nous regardant, qu'ils vont vivre leurs derniers instants d'êtres humains en notre compagnie. Puis ils nous rejoindront ensuite, totalement, pour se fondre au milieu de nous, devenir nous.

Philibert vit son ascension avec détermination. Il avait tant hâte d'être ici. Il est enfin arrivé. Mais avant que le moment pour lui survienne, nous devons lui raconter.

2

C'était il y a longtemps, très longtemps.

Les maisons en pierres étaient habitées. Elles abritaient des femmes et des hommes, des enfants, des familles. Ils y avaient des rires et des pleurs, le cri d'un nouveau-né parfois, des chiens qui aboyaient, des chats qui miaulaient. Ils y avaient même des poules pour les œufs, une vache dans beaucoup de foyers pour le lait, un cheval de trait pour ceux qui cultivaient des champs afin que les légumes finissent en soupes ou en potées dans les assiettes, quelques chèvres dans certains jardins qui permettaient à l'herbe de ne jamais être haute.

Le petit port en bas de la falaise était animé. Les hommes partaient à la pêche. Pendant des jours, des semaines. Ils ne rentraient pas directement après avoir attrapé le poisson. Car ils se rendaient dans les grandes villes sur la côte pour vendre leur travail. Les bateaux allaient et venaient, ils étaient nombreux. Les pères, les fils, les oncles faisaient tous la même chose. Partir sur leurs embarcations pour faire vivre leurs familles, poursuivre les bancs de poissons pour les mettre dans leurs filets. Le village était souvent déserté par ses hommes. Seul le curé restait, ainsi que le vieux médecin qui s'occupait de tous, des humains comme des animaux.

Ils allaient tous à l'église le dimanche et parfois les autres jours. Les femmes priaient pour leurs hommes partis en mer. Elles sollicitaient Dieu pour qu'ils reviennent vivants au port. Elles demandaient que la pêche soit abondante. Elles souhaitaient que les gens d'ailleurs achètent toute la marchandise. Il arrivait que certains rentrent à la maison avec beaucoup de poissons qui n'avaient pas trouvé preneurs. Il fallait donc en manger toute la semaine.

Parmi ces femmes, il y avait Blanche. Blanche qui venait chaque jour lorsque Marius était en mer. Quand il était à la maison, elle ne s'y rendait pas. Elle restait près de son homme qu'elle aimait tant. Lorsque le curé la voyait pénétrer dans son église, il lui posait toujours la même question.

— Marius est parti ?

— Oui, répondait-elle, il est parti.

— Il reviendra, disait systématiquement le curé. Marius revient toujours. Pour toi, Blanche !

Tout le monde ici connaissait l'amour qui unissait ce couple entre deux âges, ces deux êtres qui n'avaient pas su donner la vie.

Blanche et l'homme d'Église n'échangeaient pas d'autres mots. Il la regardait s'agenouiller devant le banc le plus proche de l'autel et joindre ses mains pour prier, ses yeux s'élever vers les vitraux qu'elle trouvait si beaux, ses lèvres articulant des paroles silencieuses. Blanche restait longtemps à chaque fois. Puis elle sortait de l'édifice en direction de l'océan pour attacher son regard sur l'horizon. Même lorsqu'elle savait que Marius ne rentrerait pas aujourd'hui. Il était parti depuis trop peu de temps.

Blanche s'habillait toujours de noir quand Marius était loin. Le bas de sa longue robe sombre se couvrait de poussière à force de marcher de sa maison à l'église, de l'église jusqu'à la falaise. Les autres villageois l'appelaient la veuve, alors qu'elle ne l'était pas. Mais dès qu'elle voyait le bateau accoster, elle courrait vers sa demeure pour enlever ce vêtement de deuil et se vêtir de blanc, de brun, de rouge ou de bleu. N'importe quelle couleur autre que le noir. Elle ôtait la poussière avec une brosse et rangeait sa robe noire jusqu'au prochain départ de son époux, l'enfermait dans le vieux coffre en bois sous l'échelle menant à la chambre. Ensuite elle ressortait de la maison et se précipitait vers le port pour accueillir Marius et se jeter dans ses bras.

Les années passaient ainsi. Blanche seule à attendre son amour de toute une vie lorsqu'il bravait les vagues pour pêcher le plus de poissons possible. Blanche et Marius, inséparables, quand il restait quelques jours sur l'île, dans leur village loin de tout.

Leur maison près de la falaise gardait ses volets clos dès lors que Marius était absent. Blanche ne vivait plus, ne cherchait plus la lumière. Mais les fenêtres s'ouvraient sur la mer, la brise et les vents salés pénétraient pour rencontrer le bonheur qui régnait quand il était présent.

Blanche vivait au rythme de son homme et ne fréquentait pas les autres femmes du village.

Certaines disaient :

— Elle nous snobe la Blanche. Elle ne se mélange pas. Sauf avec son homme.

D'autres l'enviaient :

— Elle en a bien de la chance d'avoir un homme qui la regarde, qui l'aime, qui ne va pas passer son temps dans le café du port quand il rentre au bercail.

Ces femmes observaient ce bonheur que peu d'entre elles avaient la chance de connaître.

Blanche et Marius se promenaient toujours main dans la main, en se jetant des regards qui voulaient tout dire. Ils ne visitaient pas leurs amis l'un sans l'autre et, la nuit tombée, ils montaient l'échelle pour se glisser ensemble sur leur couche. Ils faisaient l'amour, tendrement ou passionnément, à chaque fois que leurs corps s'allongeaient à l'unisson. Ils ne vivaient pas un seul de ces jours sans caresses, sans baisers enflammés.

Marius était fier de sa femme. Son corps mince et élancé, sa taille fine, sa poitrine généreuse, sa peau blanche qui allait si bien avec son prénom. Elle avait le teint si pâle comparé aux autres villageois à la peau basanée par le temps souvent ensoleillé et les vents marins qui ne cessaient jamais de tournoyer. Ses yeux, d'un bleu délavé, se noyaient dans sa blancheur. Elle n'aurait pas pu s'appeler autrement. Son visage ne connaissait pas les rides qui s'ébauchaient seulement quand elle souriait, quand ils riaient ensemble. Il adorait son rire. Il aimait parcourir les ruelles du village à son bras et montrer à tous à quel point il était heureux d'avoir, à ses côtés, une telle épouse. Ils ne se quittaient pas lorsqu'il était au village. Il lui consacrait tous ses instants. Ses jours et ses nuits.

Ils faisaient comme s'ils avaient le cœur léger, mais, en fait, ils avaient tous les deux, en attendant ensemble le prochain départ, le cœur lourd.

L'attente était éternellement présente. Quand ils n'attendaient pas le futur embarquement de Marius sur son bateau, ils attendaient le moment de se voir, de se toucher. Et que c'était long d'attendre. Sans pouvoir s'écrire qu'ils se manquaient. Sans être certains de se revoir. Car le retour sur la terre ferme dépendait des caprices de la mer.

Le soir, Blanche s'asseyait souvent à la grande table en chêne face au feu sémillant dans l'âtre. Et à la lueur d'une bougie, elle remplissait de sa plume une feuille posée devant elle. Elle écrivait des mots emplis de nostalgie, de mélancolie, des mots d'amour, des mots exprimant sa future joie au moment du retour de son bien-aimé.

C'était une lettre qu'elle lui donnerait quand il sera là. Une lettre qu'il lira à voix basse lorsque la tête de Blanche sera posée contre son torse pour écouter les battements de son cœur. Sentir qu'il était réellement avec elle.

Une lettre qui commençait toujours ainsi :

« Mon bel amour,

Que le temps me semble long sans toi à mes côtés. Les secondes, les minutes, les heures restent immobiles et l'horloge, face à moi, refuse d'accélérer le rythme de ses aiguilles. »

Une lettre dont les derniers mots étaient toujours les mêmes :

« J'ai tant hâte de te voir apparaître au loin et voir les vagues te déposer enfin à mes pieds alors je t'attends. Car je t'attends tout le temps.

Je t'aime mon beau Marius »

Une fois les derniers mots dessinés à l'encre noire, Blanche posait la lettre sur le manteau de la cheminée et, chaque fois qu'elle passait devant, sa main caressait le papier où le prénom de Marius était écrit.

Puis, un jour, le temps s'arrêta. Pour Marius. Pour Blanche. La dernière lettre écrite ne fut jamais lue. Et le village commença sa métamorphose.

Blanche fut la première.

Elle et Marius descendaient en direction du port, sans se parler, comme d'habitude au moment du départ. Ils se tenaient par la taille, en s'effleurant, en s'embrassant. Leurs bouches avaient du mal à se détacher l'une de l'autre et leurs pas, sur le chemin cabossé, en étaient incertains. Blanche avait revêtu sa plus belle robe afin que Marius, en s'éloignant, garde l'image de sa bien-aimée comme la plus belle femme du monde à ses yeux. Ils avaient tous les deux le visage fermé, le cœur en berne, l'estomac noué. Blanche ne pleurait pas, mais ses larmes couleront après, lorsque Marius ne la verra plus. Mais avant, elle lui offrira son plus beau sourire. Un sourire qu'il emportera avec lui.

Les autres marins étaient déjà sur le port et attendaient Marius qui arrivait toujours au dernier moment. Ils le savaient, ils l'acceptaient. Mais il y en avait toujours un pour se gausser et crier en direction de son camarade quand quelques mètres les séparaient :

— Allez Marius ! On t'attend ! Laisse donc Blanche, elle n'espère que ça. Elle t'a assez supporté ces derniers jours.

Un sourire un peu crispé, un peu triste se dessinait sur les lèvres de Blanche et Marius fusillait du regard celui qui osait taquinait sa belle sur le sujet tellement sensible qu'était leur séparation. Une séparation imminente, car il fallait que Marius quitte Blanche et rejoigne ses compagnons.

Marius était sur le bateau qui voguait en direction du large. Blanche ne bougeait pas tant qu'elle le voyait encore, jusqu'à ce que l'embarcation ne soit plus qu'une toute petite chose qu'elle distinguait à peine. Alors, elle tournait le dos à l'océan et laissait libre cours à ses sanglots retenus prisonniers. Puis elle rentrait pour mettre sa longue robe noire.

C'est ainsi que commençaient pour Blanche ses instants à prier, ses attentes face à la mer, le son de sa plume le soir lorsqu'elle écrivait son amour à Marius, son manque de lui, ses espoirs d'un retour rapide.

Elle pensait sans cesse aux départs et aux retours qui se succédaient. Les premiers pleins de tristesse. Les seconds emprunts de liesse. Mais un matin, Blanche se réveilla le cœur serré, bouleversé. Elle avait fait un mauvais rêve où le bateau sombrait, où Marius se noyait.

Les jours s'effilochaient. Les semaines s'éternisaient. Et Marius ne rentrait pas au port. Des bateaux accostaient, mais pas le sien. Blanche scrutait l'océan pendant des heures et ne voyait pas le petit chalutier apparaître au loin.

Elle partait de plus en plus tôt pour surveiller l'horizon, se poster sur la falaise qui se trouvait à quelques mètres de chez eux. Elle rentrait rarement et, lorsqu'elle quittait sa garde, elle prenait le chemin menant à l'église pour aller prier. Depuis quelques jours, elle allumait un cierge pour intensifier son vœu, sa seule demande auprès d'un Dieu qu'elle implorait, qu'elle suppliait. Le curé s'asseyait près d'elle sur le banc, lui tenait la main, priait avec elle. Et entre chaque prière, il lui disait les mots qu'elle désirait entendre.

— Marius va bien finir par rentrer, Blanche. Il a dû attraper beaucoup de poissons et être en train de le vendre dans les grandes villes. C'est pour ça qu'il tarde. Sûrement.

— Ce n'est pas normal, mon Père. C'est la première fois qu'il part si longtemps. Et puis, les autres sont bien rentrés. Pourquoi pas lui ?

— On va continuer à prier, Blanche. Dieu finira bien par nous entendre.

Mais Dieu n'entendait rien et laissait Blanche se désespérer.

Un matin, elle ne trouva pas la falaise assez proche du port. Elle voulait être encore plus près de l'immense étendue d'eau, de ce qu'elle espérait apercevoir. Elle voulait être sûre de voir l'embarcation rentrer au port. Elle se dirigea alors vers le cimetière qui était le lieu le plus limitrophe au rivage. Puis elle s'installa sur le muret au fond de ce champ funéraire et se mit à prier là pour que la mer n'ait pas emporté pour toujours son bien-aimé. Blanche ne retourna jamais dans l'église. Ses prières sous la nef ne servaient à rien. Elle refusait également de rentrer chez elle, la maison où Marius n'était plus. En regardant la mer, c'était un peu comme si son homme était là, près d'elle. Elle restait assise sur ce muret, jour et nuit, immobile comme une statue.

Le temps passait et Marius ne revenait pas. Blanche décida de se laisser mourir, d'accompagner Marius qui devait déjà être parti rejoindre les cieux. Ses larmes coulaient et Blanche se vidait. C'étaient de grosses gouttes qui roulaient sur ses joues avant de tomber dans la terre comme pour la féconder.

Blanche, sur son muret au fond du cimetière, face à la mer, à attendre vainement que Marius revienne, était devenue l'attraction du village.

Chaque jour, ses voisins venaient l'observer de loin et beaucoup n'osaient pas s'approcher. Puis, ce fut tout le village qui se déplaça. Tous les regards étaient tournés vers Blanche. Ils la voyaient de dos et celui-ci semblait leur dire de la laisser tranquille. Elle paraissait fermée, inaccessible. Certains, cependant, ne se laissaient pas arrêter par cette barrière invisible. Ils étaient tristes pour Blanche, ne pouvaient pas l'abandonner ainsi. Ils lui apportaient de quoi manger un peu, mais elle ne touchait à rien. Elle ne tournait même pas la tête vers l'assiette qu'on déposait près d'elle sur le muret. Certaines femmes du village osaient quelques mots.

— Il faut manger Blanche. Tu maigris à vue d'œil. Tiens, regarde, je t'apporte autre chose. Ça donne envie, hein ?

Mais Blanche ne répondait pas et continuait à fixer le large, dans l'indifférence totale pour autre chose que ce qu'elle appelait de tout son cœur. Elle voulait seulement qu'un nouveau bateau rentre au port, se disant que ce sera celui de Marius.

Le curé venait la voir également. Mais l'homme au col blanc ne la raisonna pas plus que les autres. Il était inquiet et il le lui disait. Il la suppliait de rentrer, d'aller au chaud, de se nourrir, de dormir. Il posait sa main sur son épaule pour appuyer ses mots. Il la secouait doucement comme pour la réveiller. Mais l'immobilisme de Blanche ne fléchissait pas. Elle ne pouvait pas abandonner Marius, espérait que sa présence ici était un message qu'il entendrait.

Et il y avait Marie. Marie, son amie de toujours. Marie pleurait de la voir ainsi. Elle versait des larmes qui accompagnaient celles de Blanche. Elle ne pouvait pas les retenir. Marie venait à elle, douloureusement, lui caressait le dos, les cheveux, la joue. Mais elle ne disait rien. Il n'y avait rien à dire. Elle savait que Marius ne rentrerait pas. S'il avait dû revenir, il serait là depuis longtemps déjà. Il n'aurait jamais laissé Blanche dans l'angoisse. Elle avait envie de prononcer les mots qui mettraient fin à cette attente, prononcer de simples mots, des mots qui cependant ne pouvaient pas sortir de sa bouche tant leur signification tuerait Blanche sur le champ.

— Marius est mort, Blanche. C'est la seule raison de son absence, aurait voulu murmurer Marie. Surtout ne pas crier cette vérité qui giflerait Blanche, la ferait tomber sans qu'elle puisse se relever.

Mais elle ne voulait pas briser davantage le cœur de son amie. L'espoir était tout ce qui lui restait, même si cette vaine espérance la tuait à petit feu. Marie le constatait chaque jour qui passait.

En effet, les jours s'écoulaient au rythme de l'attente de Blanche. Elle n'attendait plus Marius qui, elle le savait maintenant, ne rentrerait plus. Elle attendait simplement que son corps meure afin que son âme aille rejoindre celle de son bien-aimé. Elle ne voulait pas continuer sans lui, elle ne souhaitait pas vivre sans Marius.

De sombres pensées l'assaillaient. De plus en plus souvent. De plus en plus intensément. Mais Blanche n'avait pas la force de céder à ces idées noires. Des idées qui mettraient fin définitivement à sa douleur, au manque atroce qu'elle ressentait et qui lui broyait le cœur. Elle regardait le vide devant elle et le priait de l'attirer, de la tirer vers le bas, tout en bas, de l'emmener vers les rochers érodés se jetant dans la mer agitée. Ce serait si simple qu'une puissance invisible la pousse dans cet acte et qu'elle n'ait pas à le provoquer. Elle imaginait son corps écrasé sur la pierre acérée, ses membres disloqués, son sang peindre le paysage et colorer de rouge la grande bleue. Mais Blanche était incapable de mettre un terme à son existence. Alors, elle demeurait immobile sur le muret du cimetière, attendant la fin, le jour où son cœur n'aurait plus l'énergie de battre, où elle cesserait de vivre, de survivre.

Et les habitants du village attendaient avec elle.

Ils continuaient de venir observer Blanche en restant à l'écart. Même son amie Marie et le curé de s'approchaient plus. Ils se sentaient impuissants, n'avaient plus la foi de la faire revenir parmi eux.

Ils venaient seuls ou par petits groupes. Lorsqu'ils étaient plusieurs, ils ne faisaient que la regarder. Ils n'osaient pas parler de peur de déranger cette femme qui devenait l'ombre d'elle-même. Et ils guettaient, stupéfaits, la métamorphose.

Au fil des heures et des jours, Blanche n'était plus la même. Ses cheveux devenaient blancs et son chignon serré se défaisait au gré du vent qui la fouettait plus ou moins fortement. Des mèches folles dansaient autour de son visage dont les traits se dessinaient différemment. Ses joues se creusaient, sa bouche s'affaissait, ses yeux étaient devenus vides à force de trop pleurer. Des larmes qui continuaient néanmoins de couler. Elles semblaient ne jamais pouvoir s'arrêter. Ce n'était pas des sanglots abondants, c'étaient de minces coulées qui sillonnaient sa peau devenue ridée prématurément. De profondes lignes s'étaient incrustées dans sa peau blanche. Un blanc qui prenait de plus en plus une couleur de mort. Ses os apparaissaient sous ses chairs et sa silhouette évoluait. Son aspect commençait à avoir des airs cireux, cadavériques.

Il y avait de plus en plus de monde à l'observer, à épier cette femme qu'ils percevaient comme un spectre. Elle semblait planer sur tout le village. Ils se postaient à plusieurs mètres de Blanche, ils ne souhaitaient pas qu'elle sente leurs présences. Ils en avaient un peu peur.

Aux premiers jours, certains ne venaient pas, cela ne les intéressait pas. Mais la rumeur qui circulait, les conversations qui étaient sur toutes les lèvres concernant ce qui se passait les incitaient à devenir curieux, à s'intéresser à une voisine qu'ils ignoraient jusqu'à présent.

Chaque jour, ils voyaient le changement s'opérer. Jusqu'à voir Blanche s'effacer, se volatiliser, se dématérialiser.

Un grand soleil les aveuglait ce jour-là. L'astre envahissait complètement le ciel, rendant le bleu inexistant, chimérique. Ils avaient d'abord cru rêver. La forte luminosité accentuait davantage l'aberrance qui se déroulait sous leurs yeux ébahis. Mais le phénomène se déroulait bel et bien. Ils étaient comme hypnotisés. Ceux qui se trouvaient présents allèrent chercher ceux qui n'étaient pas là. Et, bientôt, tout le village participa au chant du cygne de Blanche. Même les enfants assistaient à la singularité de ce trépas. Ils ne comprenaient pas ce qui arrivait, ne saisissaient pas l'ampleur de ce fait irrationnel. Certains tiraient le tissu de la robe de leur mère, ou du pantalon de leur père, et demandaient :

— C'est quoi, maman ?

— Qu'est-ce qui se passe, papa ?

Et chaque parent répondait la même chose, disait simplement :

— Chut ! Tais-toi et regarde !

Car le silence était d'or et la magie de cette douce agonie n'autorisait aucun bruit. Les bouches restaient closes, le vent dans les feuilles des arbres ne les faisait plus bruisser, les oiseaux s'étaient posés sur la crête des rochers ou sur les branches les plus hautes et n'émettaient pas un seul cri ni battements d'ailes. Tout avait cessé de bouger, d'évoluer, de continuer à vivre sa vie.

Les limbes engloutissaient Blanche d'une manière incroyable. C'était surnaturel. C'était une envolée sans précédent.

Pendant quelques heures, les contours vaporeux de Blanche s'offrirent aux regards curieux et, en un instant seulement, elle n'était plus là. Elle avait disparu.

Quelques personnes regardaient en bas de la falaise, cherchaient un corps qui n'y était pas. Ils scrutaient la mer, s'efforçaient de trouver un cadavre flottant, une robe noire qui formerait une fleur funeste à la surface des vagues. Mais l'océan était vierge de Blanche, ne faisait pas voguer sa dépouille.

Alors, ils se précipitaient à l'endroit où se tenait l'ombre fantomatique de Blanche quelques minutes plus tôt. Ils analysaient les environs, fouillaient du regard la terre. Mais ils ne trouvèrent rien en dehors d'une poussière grise sur le sol. Cela ne ressemblait pas vraiment à de la cendre, c'était beaucoup plus fin. Et malgré le vent qui soufflait, cette poussière ne s'envolait pas. Tous la regardaient, mais n'osaient pas la toucher, l'effleurer de la paume de leurs mains, y plonger leurs doigts.

Les habitants du village restèrent dans les parages jusqu'à la tombée de la nuit, espérant comprendre, espérant peut-être voir Blanche réapparaître. Puis ils finirent par rentrer chez eux en laissant leurs pensées sur le muret, entre le cimetière et la mer. Ils n'arrivaient pas à fixer celle-ci outre l'emplacement où se tenait Blanche.

Le lendemain et les jours qui suivirent, les gens retournèrent vers le tas de poussière grise. Un amas de poudre qui ne s'éparpillait pas dans les airs, qui ne s'étalait pas au-delà de l'endroit où Blanche était restée si longtemps. Il gisait, il ne s'en allait pas.

Plusieurs semaines s'écoulèrent.

Un après-midi, une villageoise, venant souvent là, remarqua qu'une petite pousse verte sortait de terre. Une petite pousse qui grandissait doucement, qui devenait, au fil des jours, une tige fine et délicate où commençaient à apparaître quelques feuilles. Puis, un bourgeon avait jailli, un unique bouton. C'était l'œil d'une fleur qui mit quelques jours à éclore sous le regard des nombreuses personnes qui continuaient à venir regarder ce qui se passait. Ils voyaient cette fleur s'épanouir et devenir une magnifique marguerite aux larges pétales blancs. Une marguerite qui s'élevait vers le ciel en fixant l'océan.

Le temps s'étirait. Les saisons se suivaient. Et la marguerite ne fanait pas, ses pétales ne tombaient pas. Elle demeurait toujours aussi belle. Là où elle se trouvait, les habitants du village mirent, en hommage à Blanche, une pierre. C'était un simple mausolée où ils gravirent son prénom. Ils n'avaient pas de corps à mettre sous terre et certains, comme Marie, souhaitaient un lieu où se recueillir, ne voulaient pas que son souvenir s'efface.

Blanche fut la première. Et, ensuite, chaque villageois s'en allait ainsi. Ils se posaient dans un coin et se métamorphosaient en une fleur qui perdurait, qui bravait le temps. La mutation s'opérait toujours de la même façon.

Le village devint ainsi un champ où toutes les fleurs, qui poussaient ici et là, ne fanaient jamais. Les années passèrent, des décennies expirèrent. Le lieu se transforma en un désert humain qui, petit à petit, devint un amas de ruines recouvert d'un tapis fleuri. Des fleurs qui réclamaient la chaleur pour s'exposer. Alors, les saisons cessèrent aussi d'exister, la nuit n'était plus autorisée à tomber et le soleil brilla à jamais.

Toutes les tombes du cimetière furent recouvertes de fleurs. Car, pendant des années, ils allaient tous là pour que la terre les absorbe et les transforme. Ils pensaient que ce seul emplacement était magique. Seule la pierre de Blanche resta visible, un peu à l'écart, surplombant l'océan où avait disparu Marius. C'était comme si elle surveillait ce nouveau royaume où les corps devenaient des fleurs et n'avait pas le droit d'avoir une autre apparence. Et pendant ce temps, les âmes virevoltaient. Mais elles ne s'envolaient pas.

3

Philibert est un vieil homme. Il a l'air fatigué, mais heureux. Il se présente à la première d'entre nous qu'il rencontre. Mais nous savons déjà qui il est. Son prénom est entendu par toutes les fleurs du village. Il a navigué dans les airs et s'est déposé sur nos pétales.

Nous observons Philibert. Nous l'apprivoisons. Il se promène entre nos hauts murs faits de vieilles pierres. Certaines, à la cime de nos murailles, se sont écroulées, se sont brisées. Il les effleure de ses doigts, il les caresse. Il doit s'imprégner de leur ancienneté, de ce que nos murs ont traversé. Par moment, il pose ses paumes bien à plat et recueille la chaleur amarrée à nos fortifications.

Philibert profite aussi du peu d'ombre qu'offrent nos remparts. Des taches opaques qui se profilent dans les ruelles du village où il se balade en prenant son temps. Il chemine sur les pavés usés par tous ceux qui les ont foulés, par des siècles d'existence. Philibert souhaite toutes nous voir. Nous sentons son envie de nous regarder, de nous admirer, de nous aborder. Nous le saluons à son passage, nous voulons qu'il comprenne qu'il est le bienvenu parmi nous. Il nous rend notre salut en hochant la tête, comme une petite révérence à notre égard. Nous sommes touchées par son geste plein de galanterie.

Il poursuit son errance au beau milieu de nous, en traversant le village. Il passe devant les maisons abandonnées et s'aperçoit de l'absence des portes et des fenêtres, car seules les vieilles pierres ont résisté au temps. Il reste cependant quelques volets en bois, au vernis disparu, à la peinture écaillée, qui n'ont pas réussi à se libérer de leurs gonds pourtant rouillés. Nous voyons bien qu'il constate la désolation des lieux, mais il semble rayonner en regardant chaque coin et recoin de notre hameau perdu.

Il passe ensuite devant la petite église du village. Une église que personne n'a visitée depuis tant de temps, où personne n'est venu prier depuis des siècles. Elle est restée un minuscule lieu de culte que la poussière et l'usure du temps ont envahi, entouré de murs bas, tapissés de chèvrefeuilles et d'autres plantes fleuries aux senteurs enivrantes. Elle est dans le même état de décrépitude que les autres bâtisses du village. Philibert la dépasse sans s'arrêter avant d'atteindre le cimetière. Le cimetière où il ne voit ni tombes, ni croix émergées du sol, ni plaques commémoratives. Mais elles sont pourtant là, enfouies sous des milliers de fleurs. C'est un cimetière qui n'a rien d'austère. Bien au contraire. Les couleurs abondent, offrent leu gaieté au lieu. Philibert reste là, statique, durant un certain moment. Ce moment où il entrevoit la seule pierre tombale encore visible trônant au fond du cimetière. C'est la pierre de Blanche, près du muret, face à la mer. Il la fixe un long moment, puis repart dans son agréable errance.

Il prolonge un peu son égarement dans l'enceinte du village, au gré de ses pas. Mais nous savons déjà qu'il va revenir. Il veut mourir ici, près de la tombe de Blanche, près de la marguerite qui est toujours là, qui est toujours aussi belle. Une tombe sans corps, avec pour seule démarcation, un prénom gravé et une fleur toute contre elle, plus grande que nous autres. La plus belle d'entre nous.

Philibert caresse les lettres inscrites dans la pierre. Il embrasse chacune d'elle doucement et un peu tristement. Il a une pensée pour Rose, puis pour Flora. Il repense également à son fils. Nous suivons chacun de ses gestes, chacune de ses rêvasseries, et nous attendons qu'il se pose et que le miracle opère. Nous avons tellement hâte qu'il nous rejoigne, qu'il devienne l'une d'entre nous.

Puis, soudain, il contourne Blanche et va s'asseoir sur le muret, à la même place qu'elle occupait il y a si longtemps. Il est face à la mer et, malgré le vent qui fouette à cet endroit-là, malgré le soleil qui s'abat davantage sur lui, il ne bouge plus. Nous le regardons et cela dure des heures, des jours et des nuits. Et un matin, alors que l'aube perce le ciel, nous voyons. Nous voyons Philibert diminuer, se liquéfier, se faire absorber par la terre. Nous assistons, une fois de plus, à une superbe métamorphose. Une métamorphose qui se prolonge jusqu'à voir surgir une ravissante fleur. Il s'agit d'une rose aux pétales robustes et joliment dessinés. Ils se couvrent de plusieurs nuances de jaune. Des jaunes qui se mélangent. Un jaune pâle. Un jaune-or. Un jaune safrané. Un jaune un peu plus sombre.

Nos cœurs applaudissent, pleurent de joie. C'est si beau ! À chaque fois, nous sommes bouleversées par ce spectacle.

Philibert est mort. Mais il vivra sous la forme de cette rose jaune pour l'éternité. Son immense souhait de ne pas être enfermé dans un cercueil dans les entrailles de la Terre s'est réalisé.

Nous sommes si heureuses. Heureuses qu'il ait réussi à nous trouver pour mourir autrement. Heureuses d'avoir une nouvelle fleur parmi nous.

Il sera bien ici. Il a une vue magnifique sur la mer. Il est à l'abri des courants violents qui, parfois, frappent ici. Il se trouve à tout jamais contre la pierre de Blanche, égaye celle-ci. Car, avec le temps et la ronde des saisons qui laisse ses empreintes, elle est aujourd'hui couverte d'aspérités et d'obscurité.

J'adresse mes chaleureux remerciements à mes lectrices et mes lecteurs. Merci d'avoir partagé cette aventure avec moi, d'avoir accompagné Philibert.

Vous pouvez me lire encore à travers mes autres écrits.

Tours d'Ivoire - Recueil de nouvelles – 2017

Sur le Fil, une autre histoire du Voyage à Nantes – Nouvelle illustrée - 2017

Sybelle La Loire – Nouvelle dans le recueil collectif Magie Loire – 2018

Le Festin - Nouvelle dans le recueil collectif Les Secrets de Mardi Gras – 2019

Mon Ivresse – Nouvelle dans le recueil collectif Écrits Vins de Nantes – 2020

La Malédiction de Morphée – Roman – 2023

Nos âmes la nuit – Nouvelle dans le recueil collectif Amours étonNantes– 2024

Une nouvelle, **De pierre et de sang**, *est à paraître dans un nouveau recueil collectif en compagnie d'autres romanciers nantais, ainsi qu'un roman* **Je suis né un jour de pluie**.

Belle lecture et prenez soin de vous

Gwénaëlle

Dépôt légal : Avril 2025

Illustration : Kellepics & Leroy-skalstad

ISBN : 978-2-3225-7248-9